副刊文丛

主编 李辉 王刘纯

老解观象

解玺璋 著

中原出版传媒集团
中原传媒股份有限公司
大象出版社
·郑州·

图书在版编目(CIP)数据

老解观象 / 解玺璋著.— 郑州：大象出版社,
2018.7
(副刊文丛 / 李辉,王刘纯主编)
ISBN 978-7-5347-9676-0

Ⅰ.①老… Ⅱ.①解… Ⅲ.①随笔—作品集—中国—
当代 Ⅳ.①I267.1

中国版本图书馆 CIP 数据核字(2018)第 005072 号

老解观象
LAOXIE GUANXIANG

解玺璋 著

出 版 人	王刘纯
项目统筹	李光洁 成 艳
责任编辑	杨 倩
责任校对	张迎娟
封面设计	段 旭
内文设计	杜晓燕

出版发行	**大象出版社**(郑州市开元路 16 号 邮政编码 450044)
	发行科 0371-63863551 总编室 0371-65597936
网 址	www.daxiang.cn
印 刷	北京汇林印务有限公司
经 销	各地新华书店经销
开 本	787mm×1092mm 1/32
印 张	9.5
版 次	2018 年 7 月第 1 版 2018 年 7 月第 1 次印刷
定 价	39.00 元

若发现印、装质量问题,影响阅读,请与承印厂联系调换。
印厂地址 北京市大兴区黄村镇南六环磁各庄立交桥南 200 米(中轴路东侧)
邮政编码 102600 电话 010-61264834

"副刊文丛"总序

李 辉

设想编一套"副刊文丛"的念头由来已久。

中文报纸副刊历史可谓悠久,迄今已有百年。副刊为中文报纸的一大特色。自近代中国报纸诞生之后,几乎所有报纸都有不同类型、不同风格的副刊。在出版业尚不发达之际,精彩纷呈的副刊版面,几乎成为作者与读者之间最为便利的交流平台。百年间,副刊上发表过多少重要作品,培养过多少作家,若要认真统计,颇为不易。

"五四新文学"兴起,报纸副刊一时间成为重要作家与重要作品率先亮相的舞台,从鲁迅的小说《阿Q正传》、郭沫若的诗歌《女神》,到巴金的小说《家》等均是在北京、上海的报纸副刊上发表,从而产生广泛影响的。随着各类出版社雨后春笋般出现,杂志、书籍与报纸副刊渐次形成三足鼎立的局面,但是,不同区域或大小城市,都有不同类型的报纸副刊,因而形成不同层面的读者群,在与读者建立直接和广泛的联系方面,多年来报纸副刊一直占据优势。近些年,随着电视、网络等新兴媒体的崛起,报纸副刊的优势以及影响力开始减弱,长期以来副刊作为阵地培养作家的方式,也随之隐退,风光不再。

　　尽管如此,就报纸而言,副刊依旧具有稳定性,所刊文章更注重深度而非时效性。在新闻爆炸性滚动播出的当下,报纸的所谓新闻效应早已滞后,无法与昔日同日而语。在我看来，唯有副刊之类的版面，侧重于独家深度文章，侧重于作者不同角度的发现，才能与其他媒体相抗衡。或者说，只有副刊版面发表的不太注重新闻时效的文章，才足以让读者静下心，选择合适时间品茗细读，与之达到心领神会的交融。这或许才是一份报纸在新闻之外能够带给读者的最佳阅读体验。

1982年自复旦大学毕业，我进入报社，先是编辑《北京晚报》副刊《五色土》，后是编辑《人民日报》副刊《大地》，长达三十四年的光阴，几乎都是在编辑副刊。除了编辑副刊，我还在《中国青年报》《新民晚报》《南方周末》等的副刊上，开设了多年个人专栏。副刊与我，可谓不离不弃。编辑副刊三十余年，有幸与不少前辈文人交往，而他们中间的不少人，都曾编辑过副刊，如夏衍、沈从文、萧乾、刘北汜、吴祖光、郁风、柯灵、黄裳、袁鹰、姜德明等。在不同时期的这些前辈编辑那里，我感受着百年之间中国报纸副刊的斑斓景象与编辑情怀。

行将退休，编辑一套"副刊文丛"的想法愈加强烈。尽管面临新媒体的挑战，不少报纸副刊如今仍以其稳定性、原创性、丰富性等特点，坚守着文化品位和文化传承。一大批副刊编辑，不急不躁，沉着坚韧，以各自的才华和眼光，既编辑好不同精品专栏，又笔耕不辍，佳作迭出。鉴于此，我觉得有必要将中国各地报纸副刊的作品，以不同编辑方式予以整合，集中呈现，使纸媒副刊作品，在与新媒体的博弈中，以出版物的形式，留存历史，留存文化，便于日后人们借这套丛书领略中文报纸副刊（包括海外）曾经拥有过的丰富景象。

"副刊文丛"设想以两种类型出版，每年大约出版二十种。

第一类：精品栏目荟萃。约请各地中文报纸副刊，挑选精品专栏若干编选，涵盖文化、人物、历史、美术、收藏等领域。

第二类：个人作品精选。副刊编辑、在副刊开设个人专栏的作者，人才济济，各有专长，可从中挑选若干，编辑个人作品集。

初步计划先从20世纪80年代开始编选，然后，再往前延伸，直到"五四新文学"时期。如能坚持多年，相信能大致呈现中国报纸副刊的重要成果。

将这一想法与大象出版社社长王刘纯兄沟通，得到王兄的大力支持。如此大规模的一套"副刊文丛"，只有得到大象出版社各位同人的鼎力相助，构想才有一个落地的坚实平台。与大象出版社合作二十年，友情笃深，感谢历届社长和编辑们对我的支持，一直感觉自己仿佛早已是他们中间的一员。

在开始编选"副刊文丛"过程中，得到不少前辈与友人的支持。感谢王刘纯兄应允与我一起担任丛书主编，感谢袁鹰、姜德明两位副刊前辈同意出任"副刊文丛"的顾问，感谢姜德明先生为我编选的《副刊面面观》一书写序……

特别感谢所有来自海内外参与这套丛书的作者与朋友，没有你们的大力支持，构想不可能落地。

期待"副刊文丛"能够得到副刊编辑和读者的认可。期待更多朋友参与其中。期待"副刊文丛"能够坚持下去，真正成为一套文化积累的丛书，延续中文报纸副刊的历史脉络。

我们一起共同努力吧！

2016年7月10日，写于北京酷热中

目 录

心里总有些话想说　　　　　　　　　解玺璋　1

大片繁荣的信心指数　　　　　　　　　　　1
英雄所见略同，还是创造乏力　　　　　　　5
爆炒田亮：影视圈心浮气躁又一例　　　　　9
规范姓名用字还是要靠法律　　　　　　　13
国民阅读迎来新时代　　　　　　　　　　17
导演怎么跟观众讲话？　　　　　　　　　21
不相信比做不到更可怕　　　　　　　　　24
《潜伏》：讨好观众不走低俗路线　　　　28
艺人的自由与自律　　　　　　　　　　　31
给明星一些善意的理解　　　　　　　　　34
错把金山当土丘　　　　　　　　　　　　38

别强迫我看广告	42
如何使贾君鹏同学不再寂寞	46
赵忠祥能使娱乐节目脱俗吗？	50
学术"超男"的如意算盘应该怎么打？	54
明星的自由与不自由	58
莫拿别人的不诚信原谅自己	62
我们都丧失创作力了吗？	66
只有胆量是不够的	69
一片独大不是市场繁荣	73
搞笑不是硬道理	77
腰封：一块敲门砖而已	81
灾难片：警示人类的一种方式	85
家庭伦理剧能否少一点仇恨和暴力	89
张艺谋疯了……	93
年度汉字是一面镜子	97
书中自有颜如玉？	101
理直气壮地宣扬一种精神很难吗？	105
马未都：让权力学会尊重权利	109

是公鸡就该打鸣报晓	113
给话剧插上"隐形"的翅膀	117
为公示慈善发票一哭（修改稿）	121
从五百万版税透视出版乱象	125
假唱第一案的警示效应	128
网络文学：可以垃圾，可以花朵	132
为曹操翻案的负面考量	136
儿子如何写老子？	140
每一种影片都是不可缺少的	144
用法律能管住"大嘴"吗？	148
有些话，不能拿到电视上说	152
影片质量能否和演员身价一起高飞	156
余老师说得太多了	160
贺百岁老人周有光开博	164
如何处置影评人这块鸡肋？	168
图书限折令作废的杞人之忧	172
警惕影院里的大片霸权	176
反思虽好，也要诚恳才行	180

文学双轨制能走多远？	184
有劲儿别用错了地方	188
以泪洗面何时洗出戏曲尊严	192
范曾切莫弄巧成拙	195
有容乃大	198
微博给我们带来了什么？	201
警惕当代历史书写的山寨化	204
图书价格战伤害了谁？	207
道歉应在痛定思痛之后	210
保护好我们的每一张脸	213
夸姜文不能这样夸	216
哪里才是草根明星的舞台	219
卖版面不是学术期刊的生存之道	222
百度的傲慢说明了什么？	226
做人要做崔永元	230
央视考评，尚缺"第三只眼"	234
从药家鑫想到《傅雷家书》	238
导演硬起来，影视剧才有希望	242

"茅奖"这个筐究竟能装多少货	246
中国买家戛纳哄抢影片为哪般	250
围观张伟平与宋丹丹斗嘴	253
关于假唱,央视隐瞒了什么?	257
请文物鉴定专家慎开尊口	261
历史不可欺	265
高晓松出狱之后怎样?	269
但见流"血",不见风采	273
有志才能读书	276

心里总有些话想说

解玺璋

年初参加"副刊文丛"的首发仪式,没想到会成为其中的一分子。这应该感谢李辉兄,给我这个机会,或为"副刊文丛"添一道不同的风景。

我和李辉兄都是"老副刊",几十年一直和副刊打交道,对副刊文字可谓情有独钟。一张报纸是不是有情怀,有品位,有个性,看它的副刊,便一览无余。副刊文字是有灵性、有魅力、有意味的,五味俱全,千姿百态，各领风骚。我在其中独钟情于评论、杂文、小品文。《老解观象》（此栏目为《北京日报》专栏，此次结集成书的文章发表于2009年至2011年之间）现在是叫作时评了，其实也是一种杂文或小品文。

杂文是我最早找到感觉的文体。所谓找到感觉，有点像初恋，忽然喜欢上一个人，理由却不能说得很清楚，只是喜欢而已。杂文于我，大约就是这样。那是1966年夏天，我13岁，读小学五年级。放暑假之前，学校已经组织学生批"三家村"。"邓拓、吴晗、廖沫沙，三家村中是一家"，这两句童谣，当时流行得很广，我现在还记得。不过，那时的我们，并不知道邓拓、吴晗、廖沫沙是些什么人，做了什么事，只是跟着起哄、凑热闹而已。

不久，一个很偶然的机会，我竟得到了一本《燕山夜话》。这是一本薄薄的小书，署名"马南邨"。当时，我还不知道"马南邨"就是"邓拓"的笔名，有很长时间，我也不认识这个"邨"字，更没想到，多年后我也被分配到《北京晚报》，做了《五色土》副刊的一个编辑，一度还负责《百家言》这个栏目，它的前身正是马南邨的《燕山夜话》。而《百家言》这个名字，还是马南邨——邓拓的难友廖沫沙先生主张并题写的，想想也真是一种缘分。

不过，那时我已知道这是一本"黑书"，书中的很多文章，都是被点名批判过的。这是我第一次"私尝禁果"。现在我还隐约记得在路灯下悄悄读此书的情景。其中的微言大义固非我所能了解，能够引起我兴趣的，只是那些被作者用来说明道理的有趣的小故事。有一段时间，我热衷于摘抄古代笔记中的名人逸事和格言佳句，就是为写杂文积累材料，希望有一天自己也能写出这样的文章。我偏爱这种写法很多年，现在想来，用得不好，还是会有掉书袋之嫌，或给人累赘之感，不能畅所欲言。

渐渐地，我就被鲁迅杂文"俘虏"了，现在叫"粉丝"，其实是有点不问青红皂白，盲目崇拜。他的深刻是我所不懂的，而他的尖锐是我所喜欢的。那时还买不起《鲁迅全集》，有限的零花钱只能买单行本。记得那时最迷他居住上海期间写的杂文，虽不全懂，但文字间的嬉笑怒骂、冷嘲热讽，读来总有一种畅快淋漓的感觉。唯其如此，鲁迅杂文就成为我所模仿的对象。鲁迅的博大精深是学不来的，简便易学的倒是他的尖刻。那时我在工厂办一张厂报，有时写一些针砭时"弊"的小文章，就得罪了一些人。

改革开放了，越来越多的读书禁区被打开了，终于知道了鲁迅杂文并非杂文的唯一。我的豆腐块式的小言论——杂谈、杂感、评论、小品开始在一些报刊上发表，大约就是在这个时候。不久我进了《北京晚报》编辑部，在《五色土》副刊编过许多栏目，其中一大一小两个言论栏目——《百家言》和《一夕谈》，一度是由我负责编辑组稿的。那时，给晚报写稿的名家很多，特别是《百家言》，作者几乎全是各个领域的名家。编辑他们的文章是一种享受，也是难得的接受再教育的机会。我常说，虽然我没有机会读到博士，但我是很多老先生的私淑弟子。这是做副刊编辑最大的好处，只要你用心，你就能成为一个博学的杂家。这时，能够读到的书，渐渐地也多起来了，梁启超、陈独秀、林语堂、梁实秋、周作人、张恨水，乃至聂绀弩、金克木、张中行、曾彦修、李敖、龙应台、王小波等，每个人都是一座宝库，等着你去打开。想想那时真像是幸运的樵夫阿里巴巴，一声轻轻的呼唤"芝麻，开门吧"，顿时就被眼前的"财宝"惊呆了。当然，我们看到的不是金币，而是知识。知识使我的眼界开阔了，思路也拓宽了，明白了文章法无定法的道理，简单地模仿某个名家，已不能让我感到满足，我更愿意摸索一种符合本人个性的表达方式。

这件事说着容易做着难，光有一厢情愿的想法，恐怕于事无补，还要看你有没有这个造化。有时候造化弄人，不是人力可以偿其所愿的。我这么说似乎有"宿命论"之嫌，其实也不尽然。随着年齿渐长，我认识到，写得花团锦簇，或写出奇思妙语，未必就是好文章。事实上，文章的好坏，常常并不取决于，或不仅仅取决于修辞和技巧，还要看作者具有怎样的学识、见识、胆识和智识，融入怎样的人生感悟和体验。学识、见识、胆识和智识或许能从书本中得到启示，而人生感悟和体验，却只有靠自身的积累，才能获得。我所谓的造化，就在其中，即时势所造而已。我们有幸遇到这样一个时代，仍处在李鸿章所说三千年未有之大变局当中；或如唐德刚所言，仍未驶出历史的三峡。这几十年的时势，惊涛骇浪般的大转型，可以说，都让我们赶上了。我们在其中浪迹浮沉，也呛过几口水，也受过些磨难，人生感悟和体验自不必说，我们更看到，社会风尚、人情冷暖、精神信仰的蜕变，所关乎世道人心者甚巨，说到底，这都是时代对我们的恩赐。

我是个副刊编辑、报人，如果我说报纸是社会公器，在我们这里，会让人觉得很可笑。但毕竟我们不能选择做"沉默的大多数"，能够发声，我们还是要发声的。这是我们的责任。我们不能为了明哲保身而免开尊口，或者王顾左右而言他。杂文的写法可以千变万化，但针砭时弊、月旦人物的传统是不能变的，一旦丢失了这点精神，杂文的末日也就到了。我的《老解观象》延续了我在杂文写作中始终坚持的直言、说理、快捷、平实的作风，对新鲜的、热点的、为公众所关注的文化现象、热门人物、焦点话题、当红作品进行评说，发表意见，不求惊天动地，但求润物无声。这次能有机会汇集成册，奉献给更多的读者，也为历史留下一份微薄的痕迹，深感幸甚。还望读者诸君不吝赐教。

丁酉立夏于望京二随堂

大片繁荣的信心指数

影片《非诚勿扰》上映19天，票房已经超过3亿元，这是很多人事先都不敢想的。然而，不仅一部《非诚勿扰》，据有关报道，《梅兰芳》、《叶问》、《赤壁》（下）等影片，票房也都在亿元以上。整个贺岁档期，放映影片30余部，总票房将在去年8个亿的基础上再攀新高，预计超过10亿元。

这是个很有趣的现象。当众多行业都蜷缩在经济危机的寒流中忧心忡忡的时候，贺岁电影市场却显得异常火爆，全线飘红，有舆论甚至欢呼：经济萧条将刺激中国电影开始走向繁荣！或者有人会认为这是盲目乐观，中国电影的喜与忧总是如影随形、相生相伴的。但也不是一点可能性都没有。据说，称霸世界的好莱坞就得益于1929年的经济危机，到了数年之后的1935年，好莱坞生产的电影，已经占据美国电影市场的全部和世界电影市场80%的份额，而已经风靡全世界的米老鼠也是伴随着经济危机诞生的。它的出现，在当时，曾给生活在痛苦中的美国民众带去了安慰与欢乐。电影院里，观众们对于米老鼠的喜爱已经达到狂热的程度。仅在1929年，米老鼠就拍摄了30部短片，却依然无法满足观众的期待。

这对中国电影业应该是个很好的启示。今年国产贺岁影片主打喜剧牌，或者也是希望能通过胶片传达信心和希望，用欢笑抚平内心的伤痛。就像葛优所说，冯小刚的目的就是想让大家看了电影以后，"能够大笑一场，忘了烦心事儿"。看起来，这种无聊的调侃、搞笑或戏仿，的确满足了当下一些年轻白领的口味，很容易为他们所接受。他们愿意掏钱买票走进电影院，无非是想在这里寻求一种释放和解脱，哪怕只是暂时的，也能缓解工作和生活中的巨大压力。就在几年前，几乎所有的电影投资人和营销商还在为票房发愁，为找不到观众发愁，现在，一个庞大的观众群忽然就冒了出来，他们带着新的消费观念和审美经验，成为国产影片强有力的支持者。

很显然，今天的电影观众和从前的电影观众已经完全不同。从前的电影观众是社会认知型，如果电影不能提供对社会的认识，他们宁肯不进电影院。而今天的电影观众为了好玩和开心也可以掏钱买票看电影。大片的繁荣或许有更多的原因，但很重要的一个原因，是年轻人所带来的新的消费观念，以及这种观众中所包含的对于未来的自信。从大片的繁荣中我们也看到，在经济不景气的时候，文化娱乐业不仅可以生产信心和希望，其自身也可能成为整个产业链中的信心和希望，因为广泛的消费需求带来了产业增长的可能性，这里所指，不仅是电影，包括电视、网络、游戏、出版、演艺在内的相关产业又何尝不是如此!

(2009年1月14日)

英雄所见略同,还是创造乏力

阅报得知,有观众对《王贵与安娜》提出了质疑,认为它在人物造型、年代背景、人物关系、生活细节、情节走向等方面,都与《金婚》全方位雷同;海清和林永健这对"夫妻"简直就是蒋雯丽、张国立那"两口子"的"翻版"。记者还举例说,比如,都是男女城乡差异巨大,女方爱好文学,追求小资情调,男方生活态度朴实,气质偏土;女方有洁癖,男方却不讲究个人卫生,结婚之初双方没少吵架;婆媳误会重重,不和睦,老公夹在中间为难调停；吵架不断，几乎每集都会变着法子地吵一架，为钱吵，为老人吵，为孩子吵，为亲戚吵，为情人吵……男方到中年有外遇，精神出轨了一下，对长期在婚姻关系中占上风的妻子有很大触动，最后波澜不惊收场；晚年都是老公生了大病，于是发现彼此的珍贵，婚姻关系归于相濡以沫，终于修得白头偕老……

我在观赏"团长"之余，倒也看过几眼"王贵"，当时还想，王贵抛弃了李香香，却又娶了安娜，应该很有戏啊！看的时候也觉得有些似曾相识，却没有细想。因为这种似曾相识在当下播放的电视剧中是个相当普遍的现象，情感剧如此，家庭伦理剧如此，青春爱情戏亦如此，警察剧、破案剧、悬疑剧、惊悚剧又何尝不如此呢？我是有些见怪不怪。现在观众说了话，可见已经不能忍耐。但问题却是"冰冻三尺，非一日之寒"。这些年电视剧生产方式的变化和社会审美心理的变化，助长了创作的概念化、模式化、格式化、同质化、傻瓜化。剧作者编故事，不是从生活出发，而是从概念出发，从观念出发，从各种模式出发。生活有生活的模式，性格有性格的模式，家庭关系、两性关系、夫妻关系、兄弟关系、姊妹关系都有相对固定的模式。剧作者的任务就是在这些模式里放进不同的生活细节，这有点像做大锅饭的厨子，只是把同一个锅里的东西盛在不同的碗里，这一碗和那一碗能有多大区别呢？

现在很多作者，生活基础相当薄弱，而生活本身的同质化又决定了他们所能掌握的细节是十分有限的。所以，我们常常看到这种情况：一个作者，头一两部作品还说得过去，再往下写，就显得捉襟见肘了。什么原因？就是生活透支，不得不重复自己。你看王宛平的自白就很有趣，她说："正常夫妻情感生活的表现都差不多，比如女方洁癖很普遍，《激情燃烧的岁月》表现得最早，婆媳矛盾，人家六六也有《双面胶》在前……其实，从根上只能说情感剧可用的细节都差不多，像我正在做的《金婚2》也有很多这样的情节，总不能说抄袭《金婚1》吧。"按照王编剧的这种说法，真是"出名要赶早"了，连使用"差不多"的生活细节都占便宜，何况还是稀缺资源呢！这样说来，也就封杀了再出不雷同、不似曾相识作品的可能性。

但事情不是这样的。即使表现"情感"生活，历来也不乏好的作品。生活本身是丰富多彩的，也是难以穷尽的，关键在于你是否有了对于"情感"生活的新的发现或体验。在这个问题上，电视台同样难辞其咎。现在这种只认人不认片，只认名人不认作品的习气，只能助长一些所谓名人、名编剧对于生活的严重透支。土地还有休耕一说，何况人呢？

（2009年3月11日）

爆炒田亮：影视圈心浮气躁又一例

近来的影视圈颇有些心浮气躁，乱象纷呈。商业化和市场化总是免不了要炒作的，但炒什么和怎么炒，还是大有讲究的。张艺谋的电影还没拍，先炒与小沈阳的合作，就显得有点胆怯心虚。胡玫拍《孔子》，也把周润发端出来炒作一番，还拉了濮存昕来垫背，更有点像是急功近利。还有消息说，王宝强要演董存瑞了，接着就是无聊的争吵，你说合适他说不合适，扯来扯去，没完没了，与其说是无聊，不如说是扯淡。

在这期间，关于田亮要演雷锋的消息，更引起媒体和舆论的一阵喧嚣。其实，田亮能不能演雷锋，这是剧组的"家事"，决定权不在你我，而在掏钱的投资商。网友和粉丝以为能够影响投资商，不过是自作多情罢了。投资商的小九九是算得很精的，他才不在乎田亮的演技如何，与雷锋是否般配呢。他之所以看中了田亮，就是因为他的"纪律差、绯闻多、讲排场"。一个"问题多多"的人，要演一个在中国近乎圣人的角色，太容易炒作了！所以他才把这个问题抛给观众，他知道，有"倒田"的，必定会有"挺田"的，他想要看到的，就是这样一出"好戏"。

有人说，争论一下也好，至少让年轻人都知道了雷锋。想法倒是不错，但是，这雷锋是不是那雷锋，恐怕还要两说呢。从目前的报道来看，这个雷锋很潮，很雷，很帅，很有女人缘，虽然不说我爱你，却有四段姐弟情，等等诸如此类。按照这样的思路去拍雷锋，演雷锋，这个雷锋还是人们心目中的那个雷锋吗？有人根据田亮的某些表现，说他与雷锋相去甚远，其实，想拍这样一个雷锋的投资商，与雷锋相去更远。既然你想拍的是个当代阳光青年的故事，就该自己去创作一个，千万别拿雷锋来说事。想靠雷锋的知名度赚钱，这个钱可是烫手的。

雷锋精神是社会主义新道德传统的一部分，雷锋则是其代表人物。现在有些人热衷于钻到几千年或数百年的故纸堆中为新道德建设寻找资源，将腐朽发霉的东西视如珍宝，拿来做道德教育的本钱；同时对于近百年来的新道德传统，却又弃之如敝屣，毫不珍惜。这些年来，我们看了很多所谓红色经典的改编或重拍，相当多的作品都喜欢玩一些解构、戏仿、调侃、消解、颠覆的游戏，美其名曰回归人性，回归真实。我不明白，是不是粉色、黑色，甚至黄色，就一定比红色更人性，更真实呢？怕是没有这个道理。有人说，雷锋是个凡人，拍电视剧就是要恢复他的凡人本性。其实，雷锋的凡人本性是不劳别人来恢复的，他本来就是个凡人，他做的事，都是平凡小事。这些事谁都能做，但谁都没做，雷锋做了，所以他成了雷锋。在我看来，时代呼唤雷锋，人民需要雷锋,并不在于他做出了惊天动地的业绩,而是人民从他身上能够感受到一种美好的存在,能够体会到一种可以被普通人汲取的精神力量。如果能够拍出这样一部《雷锋》来,谁演雷锋还是问题吗?

(2009年4月8日)

规范姓名用字还是要靠法律

有报道说,《通用规范汉字表》公布之后,我国新生儿的取名用字必须从中选取,乱取名、取怪名的现象将得到遏制。

《通用规范汉字表》是由国家语言文字工作委员会主持编制的。作为一级行政机构,它所编制的这样一个"表",真的具有这样的权威和约束力吗?我是抱怀疑态度的。而且,如何判断其"乱取名、取怪名",恐怕也还没有具体的可操作的标准。《通用规范汉字表》有8105个字，今后我们取名，只能从这8000多个字中选择，不能超出这个范围。我不知道字与字的组合是不是也要有所限制，如果不限制，出现了"乱取名、取怪名"的现象，是不是也要"遏制"呢？我的一个同事姓原，喜得贵子，取名原子弹，派出所不给上户口。好在他并没坚持，如果坚持，闹到法庭上，我相信他也会像赵某一样胜诉的，因为没有人能证明他违法，他甚至连《通用规范汉字表》也没有违反，"原""子""弹"这三个字怕是都在这8000多个字之内吧！

这是说用《通用规范汉字表》规范姓名用字之难。但我们似乎总是希望有一种力量能约束和规范人们如何给自己取名字。我这个名字在很多年前就曾被告知"太封建了"，要求改了名字才能上学。那个时候，也有自己愿意改的，我同宿舍的一位本姓李，觉得不够革命，就改姓"红"，叫红永革。这是连姓也改了的，虽属自愿，但背后或有一只无形的手，约束着他，也很难说。这些都属陈年往事，不说也罢。但因此也能了解，这种要约束和规范人们姓名权的想法,并非今天忽然冒出来的,老早就有了。

其实,对中国人来说,起名是个大事,很少有人自愿"乱取名、取怪名"的。即使别人觉得这个名字起得很怪,在本人常常也有自己的解释。这是应该得到尊重的。在任何一个时代,人们起名都不会很自由、很随意,总会受到一定的约束和规范。但这种约束和规范往往不是来自行政部门或行政部门所发布的什么表,而是来自一种文明内部的某些禁忌和契约或是一个时代的审美和风尚。比如,我们会从人们的名字中发现,在某个时期,某些字的使用频率会大大高于其他的字,秘密就在这里。想用所谓《通用规范汉字表》来规范和约束姓名用字,不仅不切实际,也缺少法律依据。换句话说,用所谓《通用规范汉字表》来规范和约束姓名用字,和现行的《中华人民共和国民法通则》及其他法律很可能还是相冲突的。

所以,在我看来,如果真想有效地规范姓名用字,那么,光有《通用规范汉字表》恐怕是不够的,还要有立法机构制定的相关法律。而且,这种法律的制定,也是应该广泛听取群众意见的。

(2009 年 4 月 15 日)

国民阅读迎来新时代

随着"世界读书日"的到来,国民阅读又成为人们热切关注和议论的话题。很多人对于国民阅读的现状是不满意的,除图书拥有量很小,图书消费水平很低,阅读书刊的时间很少以外,人们经常诟病的还有阅读质量很差,畅销的、通俗的、流行的、实用的、消遣的,恰恰是这些图书构成了当今国民阅读的主流。

这种批评和指责并非没有道理,应当承认,它部分地反映了国民阅读的实际状况。但通常这种批评和指责并不把新兴的网络数字阅读计算在内,这又是令人遗憾的。我经常乘坐地铁。北京的地铁十分拥挤,如果没有座位,看书、看报是很不方便的。但常有年轻人掏出手机或阅读器阅读,我看着就很眼馋。显然,很多人并非不看书,他们只是改变了阅读方式而已。这是很多年轻人的一种选择。最近公布的《2008年中国电子图书发展趋势报告》就曾预言,电子阅读取代传统纸质阅读的趋势势不可当。

说取代似乎有点夸大其词,至少目前还做不到这一点。但其发展势头确实很猛,据报告所载,2008年电子图书读者总数为7900万,比2007年增长34%;2008年电子图书市场实现销售收入22630万元,增长33.4%,都是相当可观的。如果暂时不考虑所读之书都是什么书的话,那么,这种阅读方式所带来的变化是不可小觑的。有人说,书籍进入数字世界绝不仅仅是用像素代替油墨那么简单,我们的阅读、写作及图书交易方式都可能因此发生深远的变化。买书将变得特别容易,不管你去哪儿,书店都将跟随着你,书籍的海洋将触手可及，阅读这种原本独自一人进行的活动，也将更加社会化。用不了多久，我们就将拥有一个包括自己所有藏书在内的虚拟图书馆，我们不必再背着图书出门了，我们只须将要读的书拷贝在电子阅读器中，随时随地都可以阅读。

这是网络数字阅读所带来的诸多好处的一部分。在"世界读书日"的前一天，世界数字图书馆宣布对全球开放，更是一个标志性事件。那里拥有堪称包罗万象的图书、档案、录音、图片，一应俱全，只要我们愿意，随时都可以看到更多、更优美的图书。所以，对于国民阅读来说，光抱怨是不够的，我们已经站在新时代的地平线上，我们没有理由对已经出现的新时代的曙光视而不见。在这里，令人担忧的不是纸质图书的销售量和阅读量又下降了多少，而是我们是否已经做好了各方面的准备，来迎接这个新的时代。有资料显示，中国现在还处于"数字鸿沟"的沟底，2009年，国际电联（ITU）发布了一份报告，报告显示，丹麦互联网宽带普及率全球最高，平均每100人有36.3人使用宽带，前10名依次为丹麦（36.3人）、冰岛（34.8人）、荷兰（33.5人）、芬兰（33.3人）、瑞士（32.1人）、韩国（30.6人）、挪威（29人）、中国香港（26.1人）、瑞典（25.9人）和英国（25.6人）。美国以19.8人排名第24位。中国澳门和中国台湾分别排名第14位和第20位，而中国内地未能进入前30名。这些数字说明，我们在利用这个数字图书馆方面，大大落后于其他国家。这也恰好说明了我们应该做的、比抱怨和指责更重要的事情是什么。

（2009年4月22日）

导演怎么跟观众讲话？

前几天看了一篇报道，新《四世同堂》的导演汪俊在回应观众的批评时，说了这么一段话："观众没必要老拿老版做对比，我既然重拍就得拍得不一样，否则把老版拿出来重播就好了。"他还说："我有意淡化京味，有老演员说些老北京的话都被我删掉了，我觉得没有必要刻意去营造这种氛围。"编剧张挺也说："既然翻拍，那就得有新想法和新手段，就得符合现代人的口味。而且小说拍成电视剧，理所当然要根据电视创作的特点进行一些改编，否则还不如直接找出老版来重播一遍。"

二位的这番话，大约都是针对观众说的。该剧播出之后，引起一些观众的不满和质疑，意见主要集中在与老版《四世同堂》相比，新版京味儿明显不足，演员的表演亦不到位，游离于原著的精神和韵味之外，缺乏时代的、历史的厚重感。有人概括为"丢了京味儿，失了灵魂"，说得是很准确的。但导演和编剧显然不想听到这种意见，他们说这番狠话，其实是想要观众闭嘴，按照他们的意图去观剧，理解的要接受，不理解的也要接受，在接受中慢慢加深理解。

说起来，创作者不同意观众的看法，出来做一些解释、交流甚至辩驳，这都是很正常的。对于一件作品的看法，本来也很难强求一律。通过讨论和辩论，大家的看法更接近真理，不是很好吗？文艺批评的现状为许多人所不满，但改善这种状况，却需要批评者和被批评者双方的共同努力。说老实话，观众看了你的作品，还肯出来说一说观后的感想，是看得起你。即便不是赞扬的话，也是求之不得的。一个朋友就曾对我表示：这样的导演，犯不上跟他废话，不想看，换台，多省事。

这固然是激愤之言。从前的编导爱故作高深，面对观众的反应，往往说，我要说的都在戏里了，您自己看吧。现在的编导则不然，他们不再含蓄，不再客气，也不再故意端"装"，他们变得直来直去，观众有意见，那是你没看懂，是你没水平，是你不懂得艺术。有人更学会了江湖上的"吸星大法"，无论你有什么招数，他这里照单全收。你说京味儿不足，他说我有意淡化京味儿；你说台词搞笑，他说我有意这样做的；你说这些士兵都不像士兵，他说我本来也没把他们当作士兵；你说这个侵略者太有人情味了，他说我就是要表现他的人情味。这种强词夺理式的辩驳在编导中似乎成了一种流行病，大家都这么说，真让人无言以对。

我忽然想到《黔之驴》里的那头驴子，一个看上去是个庞然大物，叫一声，也很雄壮，貌似厉害的角色。但毕竟心虚气短，老虎在旁边看得久了，心里也是会窃笑的。

（2009年5月7日）

不相信比做不到更可怕

这几天，尹力导演有点烦。他在接受《北京日报》记者采访时表示，对于因发行问题所导致的目前影院甚少安排《铁人》的情况，他感到很心痛。他说，没想到献礼影片"竟然变成一部'内部电影'了"！也有报道说，在影院里，几乎找不到该片的排片信息。

我在网上查了一下，5月13日这天，北京11个区的54家影剧院中，共有16家安排放映这部影片，最多的安排4场，大多数安排1场，总共安排了28场。

放映时间多安排在白天，只有极个别的场次安排在晚上。毫无疑问，这是个极不完备的数字，但即便如此，明眼人也能看出其中的一些端倪，即影院的积极性并不很高。尹力也曾向记者抱怨，在电影院里不仅找不到《铁人》的海报，也看不到排片表。5月12日，我到某影院看《拉贝日记》，的确没有看到关于《铁人》的任何信息，这一点或许可以作为尹力抱怨的佐证。

现在的影院都讲经济效益，如果上座率很高，观众热情也很高，影院没有理由不多安排一些场次。现在安排的场次比较少，一定是观众人数少。影院说，有人包场就安排。言外之意也是担心散票不上座。造成这种情况的原因通常是两条：一是宣传力度不够，观众不知道，或不了解这部影片；二是影片本身魅力不够，对观众缺少吸引力。

现在看来，第一条所言，宣传力度虽不及那些商业大片，但也还做到了一定程度的告知，像吴刚这样的主要演员，"五一"期间都出来做营销宣传，配合得很好。第二条所言，影片对铁人的塑造，出类拔萃，至少目前无人可以超越,是很令人期待的。影片的缺陷在于刘烨所饰新人这条线。当代人不能把铁人精神当作沉重的包袱背在身上,而是应该化作生命中的精神动力。不过,现实并没有提供解决这个问题的方案和前景,要求刘恒、尹力在一部影片中解决这个问题,毕竟有点强人所难。当然,这也不应该成为观众拒绝这部影片的理由。

那么,到底是什么原因使得观众远离这部影片呢?我在网上看到一位网友的留言,或许能给我们一点启发。他说:"单位给了两张票,可俺没去,再加一张200元餐券也不去!我想看的是人不是——神。"我不想责备这位网友,我只想提醒大家注意,"我想看的是人不是——神",这种理由已经成为相当普遍的社会审美心态。这位网友还没看影片,他只是根据"铁人"这两个字,就断定影片演的是神而不是人。他在这里认定的人,其实只是小写的人,而非大写的人。他已经不相信,一个人的信仰和意志力,可以使人不断突破人的界限进而创造出奇迹来。前不久争论的重拍《雷锋》,其潜台词也是有人不相信雷锋可以在平凡中显示出伟大。红色经典的改编或创作,大约都越不过所谓人性这道坎。在人们关于人性的臆想中,杨靖宇、赵一曼、赵尚志、江竹筠……他们大无畏的牺牲精神和钢铁般的意志大约都是虚假的,不真实的,只有贪生怕死、胆小自私才是可信的,可以接受的。在弥漫着这种犬儒精神的空气中,那种"砍头不要紧,只要主义真。杀了夏明翰,还有后来人"式的豪迈,更成为不可能的,甚至是可笑的了。事到如今,我们不能不想一想,我们的精神世界怎么能萎靡到这种程度?这是多么的可悲啊!

(2009年5月13日)

《潜伏》：讨好观众不走低俗路线

　　电视剧《潜伏》告诉我们一个道理：讨好观众不一定非走低俗路线，非搞那些庸俗无聊的噱头不可。常有编导抱怨，不是我们要低俗，是观众就好这口儿，电视台要收视率，谁敢得罪观众呢？于是，观众要低俗，竟成了一些人的托词。

　　固然，电视剧是大众文化消费的方式之一，拍电视剧，不能不考虑观众的口味和需求。这一条没有人会反对。但许多时候，我们考虑观众的口味，习惯于就低不就高，或者以为越低越符合观众的需求。我以为，这是对观众需求的一种误解。

这几天一直在看《潜伏》，脑子里不时闪过这个问题。这部电视剧没有自我标榜，故弄玄虚，也没有故意和观众过不去，和观众打哑谜；但也不是胡编滥造、故意搞笑，或浅薄无聊，把观众当作白痴。它调动了几乎所有的商业娱乐元素来吸引观众的注意力，却又不显得故意取悦观众。这是拍电视剧的高手，深通国人的心理密码和社会运行法则，就像高超的厨师，食客的口味早已了然于心，故能将各种作料的搭配和火候的控制做一番恰到好处的发挥，即使再刁蛮的食客都不忍挑他的毛病。

从表面看，这是一部谍战剧，故事讲述了抗日战争结束前后及国共内战期间发生在国民党军统（后改国防部保密局）天津站内部错综复杂的斗争，主人公有战斗在军统心脏里的中共间谍，也有老谋深算、阴险狡诈的国民党特务。但它又不同于一般的谍战剧，它不仅将传统的三角恋爱移植于剧中，而且巧妙地借用了职场与官场的叙事规则,让观众由天津站内部间谍与反间谍的斗争,联想到当今办公室里的利益纠葛,明争暗斗;更有意思的是,它还把中国社会几千年来事成事败的因由放了进去,把人与人之间攀援和撕咬的规则灌注于其中,可以说,这既是一部言情式的、官场式的谍战剧,更是一部典型的"人情世故"型谍战剧。在当下的电视剧中,莫名其妙的矛盾冲突很多,细致入微的人情事态很少,《潜伏》能以谍战剧进入这层境界,是很难得的。

作为一部长达30集的长篇电视连续剧,播出尚未过半,已经在观众中赢得了广泛的赞誉,其中一定有许多值得总结和探讨的经验。这里我想指出一点,也是很重要的一点,即它提供了一种平实而富有启发性的对待观众的态度。观众不需要俯就,也不需要仰视,最好是像《潜伏》这样,建立一种平等的、互相尊重的、可以对话和交流的关系,才能拍出真正为老百姓所喜闻乐见的作品,才能给电视剧的生产真正带来活力。

(2009年4月10日)

艺人的自由与自律

听到满文军吸毒被抓的消息,我的确有一点吃惊。为什么?因为这个歌手平时给人的印象还不错,属于朴实憨厚的那种。而且,他对自己也很有信心,多次提到"小时候在农村长大",那时"受到的教育,可以影响一个人的一生"。有记者曾经问他:娱乐圈里的不良风气会不会影响到你?他断然表示:"它影响不了我。"而且说:"最重要的是,在我们成功的时候要懂得珍惜。"

这些话说得都很好。但不幸的是，事情还是发生了。从报道中我们得知，这件不那么光彩的事居然发生在他为爱妻所开的生日派对上。这也有点匪夷所思。一个"懂得珍惜"的人，怎么能不珍惜自己的清誉和爱情呢？这里不排除满文军是偶然为之，高兴得过了头，就忘了还有应该珍惜的东西，真可谓乐极生悲。

但是也应看到，满文军吸毒不是一个孤立的现象。向他身后眺望过去，我们看到了很多熟悉的身影——张元、谢东、胡瓜、王朔、刘日曦、姚二嘎，以及苏永康、萧淑慎、罗琦、零点乐队等，举不胜举。为什么这些艺人（王朔或许不该排在艺人的队列里，不过，他前一时期的精彩表演，其功力超过了一般艺人），都不能逃脱毒品的诱惑呢？有人建议不要笼统地归结到精神空虚、内心抑郁上，这点我完全同意。说起来，这些艺人吸毒，很少达到"精神的境界"，顶多还是物质的炫耀。我倒宁愿相信，他们吸毒，很多都是兜儿里有了俩钱儿，烧得忘了自己姓什么了，东北话叫得瑟，于是就放纵自己，胡作非为，把吸毒当成了显示自己与众不同的标志之一。

艺人吸毒,都有其个人原因,这一点我们也很难挨个追究。但他们所表现出来的一些共同点,还是应该引起人们重视的。艺术创作需要自由的灵魂,而艺人的操守却需要严格的自律。放纵自己,放任自己,不仅对自己不负责任,对社会也是不负责任的表现。满文军吸毒这件事出来以后,很多人都想到他还做过很多公益性的活动,不仅是"奥运火炬手",还被中国慈善基金总会聘为脑瘫儿童慈善形象大使。这些都是很好的事,艺人们有能力做一些这样的事,就应该努力去做。但这种公开的善行的表演,还是代替不了背后的自我修养。古代文人讲究"慎独",孟子说:"君子必慎其独也。"意思就是要诚实,要自己约束自己,有人没人都一样,甚至,在没人的时候,或私人的空间里,也要对自己有要求。其实我们看很多老艺术家,都是这么做的。他们的高风亮节永远为世人所称道。或者这就是艺人和艺术家的区别。

(2009年5月20日)

给明星一些善意的理解

明星总是社会舆论的焦点。明星有点事，很容易成为媒体和社会大众的谈资。有人戏称为，商业时代的明星24小时全方位娱乐大众。照此说法，关于明星的八卦新闻，也是明星娱乐事业的一部分。这里面折射出社会大众对于明星的想象，基本上是两种：一种是把他们神化，看他们高如云端，须仰视才能略见端倪，这是粉丝的视角；另一种是把他们丑化、矮化、地狱化，想象他们必有许多见不得人的勾当，或者，把他们想象成内心阴暗、道德败坏的恶人。这都不是实事求是的做法。

昨天看到三条与明星有关的新闻：一是周杰在沉默一周之后，首次自我辩解，公开为自己喊冤，同时认为，媒体报道不客观，把一次普通的交通事故，描述为"周杰驾奔驰撞伤三个人"，并指责他肇事逃逸，他也因此被称为"周逃逃"；二是体操明星刘璇针对连日来的"高官情妇"种种传闻发布声明，表达无奈之情；三是葛优出面否认申请香港居留权。三条新闻中的后两条，涉嫌捕风捉影，在事实不明的情况下，已经舆论汹汹，可见舆论有时也很不靠谱，很容易对人造成伤害。尽管被伤害的是明星，我想，也是不应该的。

周杰的情况有些不同。6月2日凌晨，周杰驾驶一辆黑色奔驰与一辆出租车相撞之后，虽然当场报了警，却选择了在交警到达之前离开现场，而且，在长达一周的时间里，音信皆无，一周之后才出来说明情况，自我辩解，在公众面前表现不佳，也给大家留下了质疑的空间。如果周杰能到医院慰问一下伤者，表示一下歉意，或许可以使公众的愤怒暂时平息，但他没有做这件本来很容易做到的事，很可能进一步激怒公众和舆论，至少说明了他的危机公关能力很差。但有一点我们不能否认，这的确是一次普通的交通事故，只是由于周杰是明星的缘故，变得不普通了。即使如此，我们也还是应该将其视为一起普通的交通事故，该是谁的责任，就由谁来承担。以事实为依据，以法律为准绳，应该不会有错。不过，周杰既是明星，则不能不顾及自己的公众形象，该道歉还是要道歉，这样才能在公众面前争取主动。毕竟，伤员还躺在医院里。

由此想到公众如何面对明星的弱点、缺点和错误的问题。明星也是人，这句话已经俗不可耐，可是还得说，人可能有的弱点、缺点和错误，明星也是会有的，但我们不能拿着放大镜，看待明星身上的瑕疵。对于明星的弱点、缺点和错误，我们可以提出批评或指责，但还应该是善意的，有些话说得很尖刻，甚至很恶毒，将有些事想象得很龌龊，就不好了，还是应该有一分证据说一分话，不能为了博得舆论的叫好，就意气用事，故意把话说得很极端。我在公众舆论中常常能感觉到这样的一种情绪，这是一种很恶劣的情绪，很容易伤害公众舆论的正当性和公正性。俗话说，良言一句三冬暖，恶语伤人六月寒。这里体现了人的心地善良的本性，只是这本性有时就被现实之恶给玷污了，窒息了。

（2009年6月11日）

错把金山当土丘

有报道称,近日发布的《2009中国电影产业报告》和《2009中国电影艺术报告》对中国电影大片提出了批评,认为中国电影在创意方面不太善于利用"中国元素",中国电影人在讲述自己的民族历史时,甚至有些"不知所措",显得很"不自信",它所带来的直接影响即中国电影中"中国元素"的严重缺失。

中国人却不懂得中国元素,不会利用中国元素,听上去感觉有点奇怪,想起来更是令人汗颜。春秋时,晋大夫籍谈觐见周天子，周景王问他晋国为何不向王室贡献宝物，籍谈回答说，晋国从未受过周王室的恩赐，所以没有器物可献。周景王指出，晋国从始祖唐叔开始，就不断接受王室的赏赐，并说："籍父其无后乎？数典而忘其祖。"责备籍谈身为晋国掌管典制文书官员的后代，竟不知道祖上经历的事情。数典忘祖这个成语，就是从这个故事中演化出来的，说的就是有些人利令智昏，竟忘了自己的来历。

报告中提到了《赤壁》和《梅兰芳》，这两部影片虽说都取材自中国历史文化，但却在不同程度上游离或背离了中国历史文化。《梅兰芳》似乎好一点，至少影片在前三分之一对少年梅兰芳与十三燕的描述中，把中国戏曲文化的某些精髓表现出来了，而且收到了极好的效果。如果说有遗憾的话，则在于黎明和章子怡，没能吃透京剧艺术及梅兰芳和孟小冬的神韵，在境界上就差了很大一截。《赤壁》则基本上是挂羊头，卖狗肉，所表现的绝非中国历史文化。据说它的不认可率达到了57％，也可见人心向背，自有公论。其实不只是这两部影片，冯小刚的《夜宴》、陈凯歌的《无极》、张艺谋的《满城尽带黄金甲》，都是数典忘祖的典型作品。

为什么会有这样的咄咄怪事呢？难道真是"不识庐山真面目，只缘身在此山中"？其实，这只能说是托词。多年来，西方的影子无处不在，也深居于导演们的心中。他们不仅预先设定了西方观众观看影片的视角，而且，在他们的摄像机镜头的后面，还有一双西方的眼睛，这不能不影响到他们对中国历史文化的认知、理解和表达，有时甚至颠倒黑白，南辕北辙。其背后的潜台词一定是现代与传统、进步与落后的二元对立，是他们对于中国历史文化的不屑与轻蔑。所以，在他们的叙事中，不是没有"中国元素"，但基本上是被西方经验改写过的"中国元素"。有人以为，这样的改写或许有利于中国历史文化的输出，其实也不尽然，事实上，这种输出不仅无助于中国文化的传播，而且还有可能使得中国文化丧失其应有的尊严。

当然也有人想从中国文化这座"金山"中发掘出有

价值的东西，但被许多似是而非的观念所左右，这种发掘和表达总不能令人满意，精华和糟粕的焦虑一直困扰着我们，使我们对中国文化中许多独特的东西，总有一种十分隔膜的感觉。美国人可以拍出疑似很中国的《功夫熊猫》，但它的确触及了中国文化中的某些神髓。即使达到这个境界，中国的电影人怕也要走很久。

（2009年6月25日）

别强迫我看广告

据《北京日报》前日报道,电影贴片广告时间过长引起观众反感。记者写道:《变形金刚2》贴片广告至少放映了15分钟。而前晚看过《哈利·波特6》首映的观众抱怨,贴片广告竟长达20分钟,看来有愈演愈烈之势。

不知道有没有爱看广告的观众。或许有吧,但我估计,不喜欢看广告的人要比喜欢看广告的人多得多,因为每次在影院看电影,贴片广告一来,观众席上都是怨声载道，如果时间稍长一点，还会有人"抗议"。

但"抗议"归"抗议"，广告该放照样放，观众还真没脾气。听说有人曾经为此打过官司，而且胜诉，那又怎么样呢？对那些在影片放映前疯狂插入广告的人来说，没有丝毫的约束力。说老实话，有多少观众愿意花费精力跟他们玩这种官司游戏呢？所以，从未来的发展趋势来看，贴片广告不仅不会减少，还会大量增加，不管你想看不想看。事实上，电影贴片广告目前已经成为其产业链中非常重要的一个环节，很多影片在拍片之初就已经将这笔收入记在自己的账上，他们不仅不会放弃这笔收入，而且贪婪的胃口只会越来越大。

不过，虽说电影也是《中华人民共和国广告法》承认其合法性的广告传播媒介之一种，但是，它与报纸、广播、电视、网络等媒介还是有一点不同的，即作为信息接收者，我们和其他媒介的关系，至少还保留着一点自主性，保留着看或不看的选择权，比如报纸我们可以将广告页撤出去，广播、电视、网络我们也可以换频道,甚至关机。但电影就不行了,看电影的过程,有一点强迫性在里面。我虽然可以选择不看,但我是花了钱;我也可以选择晚到,躲过放映贴片广告的时间,但我不知道放映的时间有多长。

很显然,在观众与贴片广告商的博弈中,观众始终处于十分恼火而又无可奈何的尴尬境地。有人希望从贴片广告中获取暴利的既得利益者能分一杯羹给观众,比如适当降低票价云云,想法很好,但基本属于与虎谋皮。我以为有效的办法还是要对放映贴片广告的行为给予必要的法律约束,比如进一步明确广告发布权的归属,如何提前告知消费者,对贴片广告时间长度的限制等。有趣的是,电影主管部门虽然曾发过一个通知,但也仅仅在内部"通知"了一下,并没让广大电影消费者知道,而且缺少检查、落实,对于置"通知"于不顾屡屡违规的人也缺少必要的惩罚和查处。不能说主管部门不作为,但至少作为得还很不够,还仅仅停留在发"通知"的阶段。对此,主管部门倒有一点解释,即"贴片广告都是企业行为",言外之意,这在我们的管辖权之外。这种解释其实很无力，也很牵强。电影主管部门能因"企业行为"放弃自己的管理权吗？这种话谁都不会相信。

（2009 年 7 月 15 日）

如何使贾君鹏同学不再寂寞

贾君鹏同学被他妈妈召唤回家吃饭已经一周有余，也不知他归否，饭否，他妈妈是否还在为他着急。儿行千里母担忧，母行千里儿不愁，自古皆然。所以才有"不当家不知柴米贵，不养儿不知父母恩"一说。

这是闲话，还是回到贾君鹏这个话题。"贾君鹏，你妈妈喊你回家吃饭。"这样一句简单而普通的话，何以在短时间内竟引起数以百万计的网友的共鸣？它的影响，从虚拟的网络世界一直抵达平面媒体及广播、电视等电子媒体，人们在惊讶于这种狂欢的同时，也产生了许多困惑。

贾君鹏同学的妈妈让什么人带了话来？叫他回家吃饭这个情节恰好发生在《魔兽世界》被停服的日子里。这一点很重要。一帮"魔兽"玩家正因为停服而闲得几近崩溃，此时忽然有人在你身边大喊一声："贾君鹏，你妈妈喊你回家吃饭。"诸位可以想见，那是一种怎样的现场效果。每个人都在找，谁是贾君鹏？每个人都在想，为什么我不是贾君鹏？为什么我妈妈没有叫我回家吃饭？有人说：我跟的不是帖，是寂寞。这句话道出了一些真相，也使得我们相信，贾君鹏一夜之间蹿红，不是没有道理的。

我没有去过网吧，也没有玩过游戏，我只能猜想，网吧、游戏之于青少年，也许就是一味排解寂寞的良药。当他们沉浸在网吧和游戏中的时候，那种寂寞，是不是真的暂时得到了解脱呢？"我上的不是网，是寂寞"，在这一代独生子女的内心世界里，他们的寂寞几乎是与生俱来的。贾君鹏的妈妈现在想起来叫她的儿子回家吃饭,但贾君鹏同学是不是这么想却很难说,他可能会说:"我就是爱泡网吧,我不爱吃饭……"贾君鹏同学当然不会不吃饭的,他只是表达一种态度,一种对于寂寞的抗议。

贾君鹏同学可能太寂寞了,他甚至有些埋怨他的妈妈:为什么现在才想起来叫我回家吃饭?早干吗去了?一般情况下,他的妈妈总是很忙,没有时间照顾他,甚至和他说句话的时间都没有。但是,当他把自己的寂寞交给网络的时候,他的妈妈忽然来叫他回家吃饭了。他有些兴奋,却又心有不甘。因为他已经预感到,他妈妈叫他回家吃饭之后,很可能还会把他一个人留在家里。

当然,在现代都市生活中,寂寞的并非贾君鹏一个人,而是所有人。人们的社会地位或有不同,但寂寞却是相同的,所以有了种种排遣寂寞的方式,包括在"贾君鹏,你妈妈喊你回家吃饭"的后面跟帖。这跟上网、玩游戏是一样的,暂时逃离了寂寞,却有可能带来更大的寂寞,"抽刀断水水更流,举杯消愁愁更愁",至今也还没有更好、更有效的办法。对于贾君鹏同学来说，则面临着一种挑战，就是要尽快长大，自己对自己负起责任。人一旦来到这个世上，就意味着要和母体断绝关系，不仅是生理上的，更是心理和精神上的。所以，孤独和寂寞也就不可避免，更不必恐慌，迈过这道坎，也许你就成熟了。

（2009年7月23日）

赵忠祥能使娱乐节目脱俗吗？

报载，赵忠祥以年近70的高龄加盟了一档娱乐节目，并且高调宣称，他的加盟"能让节目脱俗并更添文化因子"。他在另一个场合还表示："我不是一个低俗的人，我可以说，只要我做，就不会让这个节目低俗。"

赵老师说这番话的时候，看上去底气很足，有点拔剑四顾舍我其谁的架势。不过，我看了一段赵老师跳所谓太空步的视频，倒是看到了一点赵老师的心虚和胆怯。他在台上小心翼翼的样子，其实很让人替他担心。

这样来看，他的老朋友兼老上级陈汉元先生对他的忠告，应当说还是很及时的。我能想象陈汉元先生的神情，一定是笑眯眯的，说话也是慢悠悠的，声音不高，却对他的这个老同事表达了一点自己的惋惜之情："老赵毕竟快70岁了，从舞台上下来都是摇晃着的，我都觉得这样请他去是出他洋相。"

不过，对于陈先生的好心，赵忠祥似乎并不领情，他说，他的才情能够驾驭各种节目。他还提到当年和杨澜主持的《正大综艺》，那意思好像是要告诉别人：你们小瞧我了，娱乐节目我也是干过的。而且，我是不干则已，像我这样一个不低俗的人，只要做，就能让节目脱俗，并给节目带来文化。

过去常说一句话，叫作"人贵有自知之明"。赵老师这一次表现得却有些不够"有自知之明"。在这里，他把自己的能力和影响力都不适当地放大了，以为他一出马，娱乐节目低俗化的顽疾就"药到病除"了，其实哪有这样的好事。在这个"娱乐至死"的时代，赵老师一个人的力量太微不足道了。就目前来看，他能否让节目脱俗还是个未知数，但他已成为低俗娱乐的一部分，却是不用再怀疑了。而他的不明智就在于，偏要摆出《正大综艺》的老资格和老经验，殊不知，《正大综艺》的娱乐和今天的娱乐早就不是一回事了。赵老师连这一点都没搞明白，就匆忙上阵，怎能不让他的老朋友担忧呢？

现在看来，赵忠祥与吴宗宪的老少配，很可能就是当下娱乐节目的成功策划，可惜，赵老师至今尚未觉悟到这一点，在各电视台纷纷叫价、各种娱乐媒体添油加醋的过程中，赵老师倒也乐在其中，"其实，我也是很娱乐的"，"300万年薪很多吗？"至此，赵老师一直感觉良好，以为一档高品位的电视娱乐节目就要在他的手上诞生了。倒是旁观者看得清楚，知道他要"出洋相"了。

不过，也不能说赵老师就很无辜，在他自己看来，这一次还是物有所值的："凭我半个世纪的风雨，我不认为300万元抬高了我。"那就是说，给的价钱还很公道，至少赵老师自己可以接受。可见他用的是另一把尺子，和陈汉元先生心里的那把尺子不是一回事。

（2009 年 7 月 30 日）

学术"超男"的如意算盘应该怎么打？

教书先生也能像娱乐明星一样给我们带来快乐，早已不是新闻。比如大家所熟悉的易中天、钱文忠、纪连海等人，就常有各种事端发生，并迅速演变为吸引公众眼球的娱乐事件。像近日搞得很热闹的易中天的"毒舌门"，钱文忠的"遗产门"，以及纪连海发誓要进娱乐圈的自我表白，都给暑热之中的芸芸众生带来了消闲解闷的快意。

这当然是娱乐的自身逻辑所要求的。如果你不想被公众所遗忘，就一定要遵循这个逻辑，不断地给自己爆出"料"来。如果公众不再喜欢你，打算抛弃你了，那另当别论。这样看来，我们得承认，他们三位都还是很敬业的。恰如纪连海所说："要说我向娱乐进军，我并不介意，我其实想说，我们历史老师除了会教历史，啥娱乐节目不会啊？"钱文忠也表现得很高调，他自称，"读书讲课上节目都要做"，近期还会"对王如等提出民事和刑事诉讼"。真有点"革命生产两不误"的意思！

我一向不认为有几个文人去做娱乐明星是"多大的事儿"。这也是史不乏人，历朝历代都有这么做的。如果是个人选择，别人是不应干涉的，恐怕也干涉不了。就像赵忠祥，别人已经苦口婆心，他却搬出了"天地正气，堂堂我心"，而且是"两岸猿声啼不住，轻舟已过万重山"了，你又能奈我何？其实是这样的，既然有人愿意为娱乐事业"献身"，我们应该高兴才是，如今商业娱乐如此发达，靠的就是这些勇于"献身"的人啊，千万不要担心因此会损害了什么，影响了什么，耽误了什么。易中天有一句话说得很好："人家不急，你急什么？"想想也是。

不过，易中天虽然这样说了，但是，他这个"人家"却没有"不急"。我们看他的"毒舌门"就知道，他这个"人家"是"急"了的。他不喜欢别人称他学术"超男"。有主持人顺便提到他和于丹的时候，他赶紧声明："我和于丹不一样。"尽管他也从事着娱乐公众的事业，但他并不认同这个新的身份。他仍然把自己想象为学者、知识分子、大学教授，所以才有他在回答记者提问时所谓关心公共事务的回答。在这一点上，他远不如赵老师或纪连海来得坦率，有人说他敢于批评电视节目主持人，是有古人的"狷介"之气，其实更多的还是表现为"乡愿"或狡猾，既不想放弃学术"超男"所带来的人气，以及人气背后可观的经济效益，也不想丢掉学者、知识分子、大学教授的光环。想得很好，脚踩两只船，左右逢源，鱼与熊掌兼得，但也很危险，有可能掉到水里去。

易中天当然是个具有多重身份的人，我们并不怀疑戴在他头上的这几顶帽子，但是说老实话，在公开场合，我们很少看到易中天作为学者、知识分子，或大学教授对公共事务发言，无论是主动的，还是被媒体拉出来曝光的，他说的更多的还是自己那点事。远的就不说了，昨天，从头至尾看了易中天在新浪的访谈（易中天老师教导我们，不能只看片段，以免断章取义），我发现，他在谈到自己新书的时候滔滔不绝，而一旦涉及"公共事务"，他的回答往往是"我不知道""我没感觉"。其实，主持人的问题离他并不遥远，比如学术论文抄袭成风的问题、小学生穿汉服跪拜孔子的问题，这种所谓"公共事务"甚至没有离开他的专业，他尚且吞吞吐吐，半推半就，更何况他所标榜的"家事、国事、天下事"呢？这样来看他的坦白和直率，其实，恰恰是在掩盖他的世故和圆滑罢了。

（2009 年 8 月 6 日）

明星的自由与不自由

随着《建国大业》的即将公映，关于这部影片的消息也多起来了。刚刚看到一则消息，说的是参演这部献礼片的明星实行的都是"零片酬"，作者还引用导演韩三平的话说："为妈妈过生日怎么还能收钱呢？"听起来很令人感动。

马上又看到另外一则消息说，参演这部影片的明星中，有27人兜里都揣着外国护照，拥有外国国籍。这个消息在网上流传，引起众多议论。有好事者还在网上搞了关于"你能接受中国明星加入外国国籍吗"的民意调查,支持明星加入外国国籍的人寥寥可数。

正如一些网友所说,在全球化的今天,连明星加入外国国籍都不能接受,那就太狭隘了,太鼠目寸光了,太缺少包容的心态了,有这样的国民,也许永远都不能融入世界的主流。这些话说得似乎有些道理,改革开放已经30多年了,出去的,进来的,何止千千万万,谁还会在意明星们是哪国人呢?出品方说得多好啊,国际化合作是如今国产电影的趋势,像票房大卖的《赤壁》就是多国人马制作完成的。可不是嘛,我们看的是电影,只要演得好,谁演不一样呢?

但是,这一次还是有些不同。不同在哪里呢?一是这部影片叫《建国大业》,和《赤壁》根本不是一回事;二是出品方曾很明确地表示,这是一部庆祝中华人民共和国成立60周年的献礼片,用韩三平先生的话说,是"为妈妈过生日"拍的影片,我们也可以理解为是给"妈妈"定做的生日蛋糕。现在,人们忽然发现,送蛋糕的儿女中,有不少已经改姓别人家的姓了,看上去总有些怪怪的。"妈妈"可以宽宏大量，可是，周围的兄弟姐妹或子侄们，就难免有些气不忿儿。"对于一个连自己国家的国籍都不要的人，将如何来体现他的满腔爱国热情？"有这种质疑，也是可以理解的。

我们确实不能对明星加入外国国籍这件事说三道四，选择居住在哪个国家，加入哪国国籍，这是每个人的自由，别人是无权干涉的。但我却由此想到另一个问题，即明星或偶像在现实中所承担的意义，除了给大众带来娱乐消遣，是不是还承担着某种被社会广泛接受的价值观呢？酒井法子的事情在日本和其他亚洲国家众多的影迷中引起了如此巨大的反响，这是值得我们认真思考的。很显然，明星或偶像所提供的不仅仅是娱乐，他们也不完全是商业资本获取利润的挣钱机器，对于很多崇拜他们的人来说，他们还是某种价值观的体现者。我崇拜这个人，就意味着我从他的身上看到了一种理想和价值观，向往着他的精神境界，希望成为他那样的人物。如果是这样的话，明星也就有了他们的不自由，这种不自由就是崇拜者对于他们的向往和期待。他们不能辜负自己的崇拜者,他们在做每一件事的时候,都必须想到,有千千万万的崇拜者在看着他们,他们只能对个人的自由有所约束,这是他们成为明星的代价。既然是这样,明星们在选择国籍的时候,是不是也要想想喜欢你的国内观众的感受呢?当然,如果你考虑隐退,以后不在国内发展了,那另当别论。

(2009年8月13日)

莫拿别人的不诚信原谅自己

编剧高满堂在最近一次采访中对记者说:"你不得不承认,有个别的编剧是靠故事梗概吃饭的。他写完万八千字之后,先把订金拿到手,下面就不是那么回事儿了。投资方也上当受骗,一肚子的苦水啊。我可以用人格担保向你们披露,好几家公司,每年光剧本的损失费就在400万左右。"

与高满堂先生说得恰好相反,我们也常常听到有的编剧抱怨,说写完剧本不能按时拿到稿费,或者拿不到全部稿费,甚至根本拿不到稿费。这种情况也是一种真实的存在。岂止影视界有这种情况,在出版界,不仅有作家"一女二嫁"现象,还有出版社或出版公司瞒报印数和拖欠稿费现象。经常有人抱怨,自己花费了很大精力和财力培养的作家,无论如何也挡不住高价的诱惑,最终被别人拉走。但也有作家不满,认为出版社和出版商不能及时提高自己的待遇,把稿酬压得很低,言外之意是自己并非走得毫无理由。《北京日报》也曾报道过类似的情况。据说,贝塔斯曼就曾遭遇过七八十本书的作者在授权期内另找"婆家"的厄运。这种事情在演艺界应该也是常有发生。

这种事情看得多了,大家已见怪不怪,但一种深深的不信任,却因此弥漫在我们之间,毒化着我们的生活。它所带来的严重后果之一,就是以别人不讲信用为理由,使自己不讲信用变得合情合理。结果使社会诚信陷入了恶性循环之中。你不信任我,我也不相信你;你给我挖个坑儿,我给你下个绊儿。害人之心不可有,防人之心不可无,已经算是比较善良的愿望了。

很多人都是一朝被蛇咬，十年怕井绳；吃一堑，长一智。然而长的这个智，就是处处防范别人。这不仅增加了社会交往的成本，更重要的是，它把诚信逼到了十分尴尬的角落里，几乎成了愚蠢和傻的代名词。

诚信是一个人的立身之本，也是一个社会的立身之本。说话算话，讲信誉，重承诺，君子一言驷马难追，这些既是一个人，也是一个社会的基本道德诉求。有人会说，现在是商业社会，人们在社会交往中更多地考虑自我保护，追求利益的最大化，都是无可指责的。我不反对这种看法，不过，商业伦理和契约精神不是人们追求和保护自身利益最有效的两道护身符吗？而它们的核心就是"诚信"这两个字。失去了诚信，商业伦理和契约精神也就丧失了存在的基础。李嘉诚是个大商人、大企业家，他有一句名言："你必须以诚待人，别人才会以诚相报。"他说的是大实话，朴实而直白，指出了打破当今社会这个怪圈的关键，是我们自己先要以诚待人，才能终结"你不信任我，我也不信任你"的恶性循环。冯玉祥有句话也说得很好："对人以诚信，人不欺我;对事以诚信,事无不成。"可见,做人、做事,离开诚信都不大可能做得好。迈出这一步也许很难,但不是做不到的。

(2009年8月20日)

我们都丧失创作力了吗？

这几天有消息称，某电视台将斥资亿元翻拍三部海岩剧。看到这个消息，我的心情很难说是喜是忧。翻拍盛行，已成风气，毋庸讳言，从早些年开始的翻拍红色经典，到近几年的翻拍四大古典名著，一直发展到翻拍20世纪80年代或90年代初期的作品，估计能翻拍的，都已经翻拍过了，像金庸的小说，翻拍了何止一次，也算是影视界一大奇观。现在居然连不久前还在热播的作品都要翻拍了，这不能不让人惊叹。

这次翻拍的三部海岩剧，分别是《永不瞑目》《拿什么拯救你，我的爱人》和《玉观音》。这些作品的首播都不会早于2000年，像《玉观音》，恐怕还是2003年以后的作品，余温尚在，容颜未老，却已经跻身翻拍的行列，不知理由何在。我想，无非是看到海岩还可以卖钱罢了。恰如他们自己所言，翻拍海岩剧，投资少，周期短，回收快，而且"海岩剧已经有明星效应，收视不会差"。又说："翻拍海岩剧本身就很有噱头，对广告商的吸引力很大。"如此看来，翻拍非但不是什么坏事，甚至还是事半功倍的好事呢。现在的电视剧生产商和经销商，算盘打得可谓精矣。

但是，事情总有另外一面。事实上，这种大规模的翻拍旧作（有人甚至将海岩剧的翻拍称为"未老新拍"），让我们从一个侧面看到了国内电视剧市场的潜在危机，即原创能力的丧失与衰落。这么说既不是杞人忧天，也不是危言耸听，君不见，如果没有观众对名人或明星的好奇心，我们的电视台甚至已经失去了赢得收视率的信心。所以，即使"未老新拍"又何妨？只要它还有"明星效应",对广告商还有"吸引力",就OK！但这种翻拍所带来的繁荣究竟能维持多久呢？只有天知道！现在是连海岩问世不久的作品都要翻拍了，下一步还有什么可供我们翻拍呢？

电视剧的捉襟见肘，由此可见一斑。大家议论比较多的续集现象，说到底，也是原创能力薄弱造成的。这似乎成了通例，前面一部戏火了，后面马上拍续集，结果，续集往往不尽如人意。《闯关东2》就受到许多观众的指摘，《丑女无敌3》的口碑就更差了，有人说，这是患了"续集疲劳症"，想想真是形象得很。《潜伏》的编导就曾表示不拍续集，应该说是很明智的。而模仿、跟风，就更加等而下之了。《亮剑》之后，出现了一大批模仿、跟风的作品，几乎没有一部能达到《亮剑》这个水准的。我不怀疑翻拍、续集、模仿、跟风等能在短时间内赚人眼球，得到比较高的收视率，但这样做，等于是杀鸡取卵，竭泽而渔，是把未来都赔上的买卖，说到底还是不值得的。

（2009年9月3日）

只有胆量是不够的

袁腾飞在网上被人封为"史上最牛历史老师",这个称号的来历,据说是因为他"敢说真话"。袁老师敢说话我是领教过的,我读过袁老师谈明史的一篇文章,他把明朝的统治者称为"王八蛋统治者",并称朱元璋为"贼王八",他说:"这种王八蛋一当政,必然是采用暴政。"我也曾断断续续看过袁老师在央视《百家讲坛》讲《两宋风云》,还在网上看过他讲课的视频,觉得他确实很有口才,讲起来一套一套的,很敢讲。

但我却因此有一点隐忧,心里想,是不是太敢说了?真话不真话的,倒也未必。

果然,袁老师的麻烦说来就来了。先是有人说他抄袭小说《柔福帝姬》,继而又有人指出,他的《两宋风云》与李亚平的《帝国政界往事》有很多雷同之处;更有人进一步指出他的硬伤,多到不胜枚举,有些甚至是李亚平错在前,而袁老师错在后。这样看来,倒是袁老师的"敢"字当头害了自己。袁老师敢抄不敢抄,要由法律和专家来做评判,但他的许多硬伤却告诉我们,对待历史,只有胆量是不够的,胆子太大、太敢说话就变成了信口开河、不负责任,不仅对历史不负责任,对观众和读者也不负责任。袁老师是中学老师,他的学生相信了他的"敢说真话"的历史,岂不是误人子弟?

我以为,对待历史还是应该谦卑一点,有一点敬畏之心,胡适曾提出"大胆假设,小心求证",现在看来,仍不失为对待历史的正确态度。中国历史悠久而复杂,史料更是多如牛毛,良莠混杂。仅以《宋史》为例,早有人明确指出其"不足信",甚至称它为"芜秽",

"舛谬不能殚数"。所以，即使出自《宋史》的材料，我们也不能不多问几个为什么，多找几本书加以印证。今人的著作，如果要引用，就更要小心了，该书所引用的材料，一定要和原书核对过，才敢转引。这些地方胆子大了，都是会出问题的。我们看袁老师所犯错误，很多就是胆子大到了想当然，大到了望文生义。白居易有"后宫佳丽三千人，三千宠爱在一身"的诗句，就被他附会为唐玄宗宫女只有三千，并以此来证明宋徽宗后宫有宫女一万，是多么的荒淫腐败。其实翻一翻《新唐书》或《旧唐书》，这样的错误是可以避免的。

当然，我们不能要求任何一位历史老师掌握所有的史料，事实上，也没有人能够穷尽所有的史料，即使他是"史上最牛历史老师"。但我们有理由要求一个历史老师具备谨慎、严肃和认真的态度，历史老师的"牛"，应该"牛"在这里，"牛"在为一个字、一句话，以及一个细节、一个事件皓首穷经的态度。最牛的历史老师一定是敢说真话的，这里的真既包括了真相、真材实料，也包括真诚的态度。袁老师的新书用了《历史是个什么玩意儿》这样一个书名，袁老师的母亲不喜欢这一问，觉得有辱儿子的声誉。我倒觉得，有辱袁老师声誉的倒不在于这一问，而在于袁老师自己对待历史的简单粗暴和游戏的态度。

（2009年9月17日）

一片独大不是市场繁荣

国庆期间,《建国大业》的票房达到了 3.9 亿元,在近 20 部献礼和非献礼、主旋律和非主旋律影片中鹤立鸡群,独领风骚,能和它匹敌或抗衡的,只有一部 1.4 亿元票房的《风声》,其他影片则不值一提。其中排名第三的《窈窕绅士》票房只有 1670 万元,第四名《麦田》票房不过 900 万元,排在它后面的《狼灾记》票房收入 850 万元,余下的影片更被人称为"陪跑",甭说喝汤了,连味儿怕是都没闻上。

票房这东西，有时怨不得别人。您的影片不能说服观众从兜儿里掏钱，只能说明您在某一方面修炼得还不到家，还要继续修炼。这是一般情况。特殊情况又如何呢？以《建国大业》为例，作为主旋律献礼片，它遇到的可是独一无二的60周年大庆，进入八九月份以来，整个国家的宣传机器都开动起来，围绕1949年前后大做文章，营造气氛，这简直就是在为韩三爷（即韩三平）做免费广告。现在看来，以80元的票价，收4个亿的票房，观众人次只有大约500万，应该不算很多。要知道，全国仅共产党员就在7000万以上，500万算什么呢？小菜一碟。

《建国大业》还有一个特殊之处，就是它能笼络170余位演员、明星、大腕为它免费服务，几乎将电影界有点名头的人一网打尽。除了韩三爷，谁能有这个气魄？举目四望，不仅中国电影界无此先例，全世界的电影界怕是也无此先例，整个百余年的电影史上都无此先例。韩三爷当然谦虚地把这归结为大家"爱国"，"爱国"固然是"爱国"，但也不能埋没了韩三爷的"个人"

魅力。而在这"个人"魅力的背后，恐怕还是他的身份、地位及他屁股底下的交椅在起作用。不信换成"二王"或冯小刚、张艺谋、陈凯歌试试，即便扯起"爱国"的大旗，又有多少人能够自愿集合到这面大旗下而不谈钱呢？而且，没有人能够否认，那将近4个亿的票房，有相当一部分是这些明星、大腕吸引来的。

最后还要说到一点特殊之处，即中影集团，的确拥有许多别人所不具备的优势和优越条件，比如进口外国电影的专有权，仅此一点，那些靠票房为生的各大电影院线，就不敢轻慢了这只电影大鳄，不说唯其马首是瞻吧，怕也是看其眼色行事啊。所以，《建国大业》的票房能做到一片独大，不是没有道理的，只是这道理是不能拿到台面儿上来的，也是不能在别人身上复制的。

不过，一片独大的现象也提醒我们思考一些问题。我宁愿相信，有关部门为国庆档安排近20部影片的初衷，是想营造电影市场繁荣的景象，现在看来，这个美好的愿望基本上是落空了。大部分影片只安排了很少的场次,有的甚至根本排不上场次。尤其是那些专门为孩子们准备的影片,像那几部动画片,真的是非常可惜。难道是孩子和家长缺少看片的热情和需求吗?我想,如果我们将有限的资源(包括媒体宣传资源)分一部分给这些影片,那么,情况可能会有很大改观,观众的选择余地就会多一些了。

(2009年10月14日)

搞笑不是硬道理

新片《倔强萝卜》在最近刚刚结束的金鸡百花电影节上试映，有媒体质疑其笑料过于低俗。导演田蒙感到很冤枉，他不明白，何以看电影时"从头笑到尾"的观众却不认同自己最直接的反应？使人想到"端起碗来吃肉，放下碗就骂娘"的俗谚。这当然是风马牛不相及的两件事，但产生这种联想，也不是毫无因缘。至少导演就是这么想的，他说，喜剧片最重要的就是好看，观众笑了就是硬道理。剩下的话他没说，但诸位不会猜不出来。

喜剧片的功能之一就是制造笑,不能让观众笑的喜剧片,肯定不是好的喜剧片。这样的喜剧片以前不是没有人拍过,面对这样的喜剧片,观众常常感到很为难,因为实在笑不出来。现在的喜剧片,能让观众"从头笑到尾",已经是很大的进步;从观众感到为难,到导演感到冤枉,则包含着很大的进步。这一点是很值得赞许的。

但是,笑不是喜剧片唯一可以提供的东西。观众去看喜剧片,并不以笑了为满足,也是很自然的。如果仅仅为了笑,大可不必兴师动众跑到电影院里去,街头看耍猴儿的也能笑啊,有人耍个活宝也能笑啊,《追捕》里的横路敬二吃了中枢神经阻断剂也能笑,当然只能傻笑。我看现在的一些影视作品,其中有些搞笑的、无厘头的、洒狗血的内容,就和横路敬二吃的中枢神经阻断剂差不到哪儿去。观众看电影时可能会笑,但笑过之后怎么样呢?有人也许会感到不很满足,有人甚至感到受了侮辱,心里很不爽,也是有可能的。如果他们对编导提出批评和质疑，我以为编导不能仅仅"感到很冤枉"，静下心来的时候不妨也想一想，除了笑能否给观众更多的东西。

笑是人的诸多生理反应之一。其他动物是否也会笑呢？我没有研究过，不得而知。但人的身上确实有笑的神经，刺激人的某个部位，人就会发笑，所谓胳肢出来的笑，就是这个意思。这是属于生理方面的很初级的笑。有研究者称，人类的笑分为两种，即生理的笑和心理的笑，前者是一种神经与肌肉的现象，就像是打喷嚏、打哈欠，医学上称为"呼气式"情感；后者则属于感情与精神的现象，离不开人的本性。所以，滑稽、幽默、讽刺都是笑的催化剂，它们使笑成为一种精神享受，而不仅仅是恶作剧。卓别林曾使我笑得热泪盈眶，我们能否为世界贡献一个卓别林呢？

由此可见，喜剧片的笑并不像某些貌似主张平等的人所说的，没有高低贵贱之分，其中低级与高级的区别还是有的。硬搞的笑，即使道理很硬，也只能是低级的笑、庸俗的笑；而高级的笑应该是会心的笑。雨果说：

"当我们笑的时候,内心深处应该是仁慈的。"那么,我们的喜剧片能给观众带来这样崇高的情感吗?换句话说,以为搞笑就是硬道理的,怕是拍不出这样的喜剧片的。有人曾经说过,卓别林的幽默"是并不完善的,因为有一个人从来不笑,这个人就是卓别林本人"。卓别林为什么不笑呢?因为,在他的心灵深处总是隐含着痛苦,而他却把笑声给了观众,这正是他的伟大之处。

(2009年10月22日)

腰封：一块敲门砖而已

有报道称，近年来，图书出版"无书不腰"的现象在一些读者中引起不满，有读者在网上发起"恨腰封"倡议，得到广泛响应，甚至有人表示，买到新书的第一件事，就是"把腰封毫不留情地撕掉扔进垃圾桶"，可见其对腰封多么地"深恶痛绝"。

我也不喜欢腰封。我拿到新书的第一件事，也是把腰封拆下来扔掉。不过，我对腰封并没到"深恶痛绝"的程度，只是觉得有些碍事，拿掉了，看书更方便。说起来，腰封不是什么大恶，犯不上大家"共讨之"或"共诛之"。从出版者的角度说，腰封也就是一种营销手段，一种准"广告"形式，形象一点的说法，就是一块敲门砖，其目的无非是想敲开图书市场的大门而已。这些年来，腰封之所以能长盛不衰，愈演愈烈，也说明它对出版者推广自己的产品还是有效的。事实上，读者通过腰封可以最便捷地了解一本书的内容和特点，从而帮助自己做出选择。在图书品种日益膨胀的今天，读者怕是也希望能有这样一种简便地获得信息的方式。

但是，任何事情都有可能向着与自己初衷相反的方向转化。为什么最初对读者有所帮助的腰封，近年来却引起读者越来越多的反感和厌恶呢？原因其实很简单，主要是有些腰封喜欢说大话，说瞎话，就是不说实话，所谓"无实事求是之意，有哗众取宠之心"，结果使读者产生了逆反心理，走到了事物的反面。有两个最受读者诟病的例子，一个是《问学余秋雨》，其腰封上写道："古有三千弟子'论语'孔夫子，今有北大学生'问学'余秋雨"，以孔夫子比余秋雨，给人一种滑稽可笑的感觉；其二是阎连科的《我与父辈》，腰封的推荐词则更为夸张："万人签名联合推荐，2009年最感人的大书，最让世界震撼的中国作家阎连科，锥心泣血的文字，千万读者为之动容，创预售销量奇迹，超越《小团圆》。"

我不否认消费是需要引导的，但引导不是误导，不能用夸大其词的不实宣传"忽悠"读者。一些出版者为了吸引读者的眼球，喜欢在腰封上"一鸣惊人"，这样做或许能收到一时的功效，但这种杀鸡取卵式的做法，我以为是不能长久的，是迟早要被人唾弃的。其实，在我看来，这两本书都没有必要以这种方式告知读者。说老实话，这样做只能适得其反，事与愿违，未必能吸引更多的读者。

我们应当看到，书的腰封所出现的种种问题，根源并不在腰封本身。腰封何罪？不过是代人受过罢了。按照现在一些人所津津乐道的市场逻辑、商业逻辑，似乎任何追求利益最大化的主张和做法都是天然合理的，只有傻瓜才放弃可能到手的利益。这么说固然有其道理，但他们似乎都忽略了一点，即中国传统文化所讲的适可而止和过犹不及，无论做什么事，都要有分寸，不过分，恰到好处。经商也是如此。这是一种境界，看上去很难达到，但如果贪心少一点，也不是不可能的。

（2009年10月29日）

灾难片：警示人类的一种方式

被称为灾难大片的《2012》上映以来，票房一路走高，争议也一直不断。一些心地善良的人担心这部影片内容过于恐怖，"对人的打击实在是太大了"，他们提醒观众注意，"我们的下一代正处于对自己的未来充满了幻想充满了希望的紧要当口，一个《2012》却足以摧毁它"！有人甚至说："我明明知道它只是个故事，场面全部都是电脑制作出来的，但是我还是控制不住自己相信灾难真的要来临。"

我也看了这部影片。的确，它只是个故事，一个对末日有着夸张想象的故事。这样的故事在好莱坞编了已经不止一个两个，一年两年，如果我们真的相信这一套，岂不是太可笑了吗？从中西文化差异的角度说，西方文化中一直有关于世界末日的想象，而中国文化中却少见类似的想象。也就是说，中国人根本就不相信有世界末日的存在。中国人喜欢说物极必反，否极泰来，周而复始，以至无穷。在中国，历史上曾经有过大洪水的传说，但那不是关于世界末日的想象，而是一个英雄传奇。

其实，撇开所谓世界末日是否真的存在不谈，我以为，灾难片更多地想要表达的还是人类必须面对的现实，以此唤起大家的忧患意识。这恐怕是灾难片不同于恐怖片、惊悚片等其他类型影片的特点之一。事实上，地球的灾难每日每时都在逼近我们，并不因为我们的恐惧，它就放我们一马。影片中的世界末日当然是虚构的，但现实中的生存危机却是实实在在的。有人总结了目前能够预测的"世界末日"，认为可能出现以下五种情况：

行星撞击地球、气候灾难、核战争、瘟疫和未知事件。《增长的极限》的作者们也对目前人类的生活方式感到忧虑,他们认为,由于地球的能源、资源和容积是有限的,人类社会的发展和增长必然有一定的限度。用倍增的速度去求得经济和社会的发展,注定会使社会在物质和能源方面达到极限,给人类带来毁灭性的灾难。

在这个意义上,我倒觉得看看灾难片也许会帮助我们重新认识人在自然界的位置,并尝试着与自然界建立一种新的和谐共存的关系。"我们的下一代对自己的未来充满了幻想充满了希望",这当然很好,但如果能有一点忧患意识、危机意识,就更好了。古人常说,生于忧患,死于安乐。现在来看,我们的生活在追求眼前的安逸和享乐方面可能多了一点,对于未来的忧患就少了一点。马尔代夫把议会开到了海洋深处,尼泊尔的议会也开上了喜马拉雅山,都是要提醒人们关注环境问题。所以,我倒以为,不要怕我们的孩子看电影时"吓得直哭",更可怕的是,我们不敢把真相告诉他们,使他们一直沉浸在虚假的幻象里,不必为自己的生存环境的持续恶化而担忧，也就更谈不上承担责任了。有时我想，为什么我们拍不出像样的灾难片呢？除我们不相信世界末日的存在以外，我们的心理过于脆弱恐怕也是很重要的原因。我们习惯了报喜不报忧，我们宁愿把真相隐藏起来。鲁迅先生说："绝望之为虚妄，正与希望相同。"难道我们连这点肯于担当的勇气都没有吗？

（2009年12月2日）

家庭伦理剧能否少一点仇恨和暴力

这些年,看了一些家庭伦理剧和宅门剧。这些电视剧有一个很突出的特点,即在家庭内部冲突方面强调其人性的恶。我们时常会从屏幕上看到一些很惨烈、很残暴的场面,看上去很恐怖。这些源于家庭经济财产的纠纷,或争房子,或争遗产,最终都演变为家庭内部你死我活的战争和仇杀。这些东西看得多了,我就产生了一种错觉:是不是在我们的现实生活中,家庭伦理关系(包括社会伦理关系)真的很糟糕呢?

从剧作者的角度说，电视剧不能没有矛盾冲突，出于对"好看"的诉求，可能还要有很离奇的故事情节及很强烈的视觉冲击力。这些放在伦理剧的身上，就成为一些剧作者想象家庭伦理关系和社会伦理关系的依据和出发点。此前我们曾经经历过以阶级矛盾构成戏剧冲突的历史阶段，随着阶级论淡出我们的视野，戏剧冲突的设置也从外部，即社会关系，转入内部，即家庭和其他社会群体的关系。因而，父子之间、夫妻之间、兄弟姐妹之间，进而婆媳妯娌之间和叔伯侄甥之间，甚至更广泛的社会群体之间，都陷入了这场硝烟弥漫的"战争"之中，令人应接不暇，心惊肉跳。以前在我们的历史记忆中曾经发生在帝王之家的子弑父、父杀子、兄弟相残的权力之争，演变成了寻常百姓家的财产之争、遗产之争。收视率固然上去了，却也把观众的心看冷了。

我们正处于一个社会转型时期，市场经济的推广强化了人们的财产意识、个人权利意识。这本来是一件很好的事，但也要看到，人们渴望财富的欲望因此也被释放出来，这是同一件事的两面。亚里士多德说："贪欲乃是万恶之渊薮。"况且，对很多人来说，至今似乎也还不懂得如何通过合法手段争取和保护自身的权益。所以，当矛盾出现的时候，他们所能采取的，往往只是暴力的或非理性的方式。这种现实性的存在或许给剧作者提供了某种生活素材，但是，电视剧对暴力和仇恨的过分渲染，会不会在客观上为这样一种社会心态推波助澜呢？究竟是生活影响了电视剧，还是电视剧影响了生活？我们一时也许还很难厘清这个责任，但二者之间剪不断理还乱的这种关系，却应该引起我们的深切关注和认真思考。

中国曾经是个非常推崇家庭伦理、社会伦理的国家，中华民族也是一个有着深厚传统的礼仪之邦，历史上虽然有过人性善恶之争，但社会层面还是相信"人之初，性本善"的。这应该是社会发展的主流。不过，多年来作为摒弃"高大全"的一种代价，人性恶的观念也渐渐地流行起来，由于人们接受了本我、潜意识、无意识这样一些概念，更使得对于人性恶的描写具有了合理性与合法性,似乎只有这样作品才能显出其深刻与厚重。于是,为了追求所谓的深刻与厚重,一些叙事作品在人性描写方面步入了歧途。前几天看《2012》,有人曾担心恐怖的场面会摧毁下一代对于未来的幻想和希望,其实,更值得忧虑的,倒是充斥在荧屏上的暴力和仇恨,它在观众心理上产生的影响,是我们很难预料的。在这方面,电视叙事作品影响社会之深、之广,事实上无出其右者,作为剧作者,怕是不能回避自身所应该承担的责任吧。

(2009年12月3日)

张艺谋疯了……

张艺谋是个聪明人,他知道观众对于电影的意义,他也知道在当今这个时代,捞钱是硬道理,真金白银是好东西,而且,谈钱论价不仅不再是丢人的事,似乎还变得很主流,很理直气壮。据说,北京电影学院一直想在正门显眼处拉一道横幅,上书"电影是对投资人负责的艺术",且不管是真是假,至少让我们感觉到,在这个人人都很崇尚多元化的时代,背后还有一只无所不在的手,主宰着电影人的命运。张艺谋的聪明就在于，他宁肯顺从命运的安排，也决不向命运发起挑战。所以，他这次拍摄《三枪拍案惊奇》，就抓住了两个要点：一是主动给影片戴上一顶"俗"的帽子，定位为"喜闹剧"，宣称要走"群众路线"，把小沈阳、闫妮、孙红雷等颇受群众爱戴的演员都拿在手里，只要观众笑了，张艺谋也就成功了。二是调动各种积极因素，进行大规模的炒作，张艺谋以身作则，率领《三枪拍案惊奇》剧组一干人等在各种场合亮相，忽而作癫狂状，秀上一把说唱，忽而又放低身段，面带诚恳的微笑，娓娓而谈。有人说，张艺谋疯了。究竟是市场把他逼疯了，还是真的玩疯了？这个问题只有张艺谋自己才能回答。

我不怀疑《三枪拍案惊奇》的票房。因为，这些年来，"二人转"大行其道，无厘头搞笑大行其道，已经为张艺谋准备好了广阔天地，就等着他来大有作为呢。看上去，他还真有一点顺天应时的感觉，所谓识时务者为俊杰，他也就做了这个时代的"俊杰"了。所以说，时代造就了张艺谋。他的善变，或者说投机与迎合，都说明了他很有一点领风气之先的能力。前不久马原接受记者采访时说："这个时代需要段子。"张艺谋应该是认同这种说法的，他看到了"时代"的这种需求，响应着"时代"的召唤，《三枪拍案惊奇》就是他为这个"时代"贡献的一个超大型的段子。从历史的发展变化来看，也许这是对于我们曾经有过的过于"严肃"的一种惩罚或必要补充。我们看到，从王朔的"一点正经没有"，到周星驰的正话反说，其实都是在消解和瓦解文化的严肃性和崇高感。那么，这种消解到哪里是个头儿呢？没有人肯思考和回答这个问题，但却不乏有人将消解进行到底。张艺谋正在努力做的这件事，就是要将文化变得更加娱乐，更加浅薄，更加轻浮，更加无聊，也就是更加大众，他把文化打扮得像卖笑的娼妓一样，不过想卖个好价钱罢了。这种做法究竟是功是过，我们说了不算，还是等待历史来裁决吧。

有些事情是不能多想的，想多了就可能睡不着觉。从人性的角度说，沉沦下去是没有底线的，靠刺激来娱乐，只有不断提高刺激的强度，才能满足身心对娱乐的要求。可以预料的是，《三枪拍案惊奇》之后，可能还有比《三枪拍案惊奇》更恶俗的节目出来，就像我们在《十面埋伏》和《满城尽带黄金甲》之后，又看到了《三枪拍案惊奇》一样。这是很可怕的。拍电影当然要对投资人负责，但是，要不要为观众负责，为民族文化的未来负责呢？从一部电影扯到这么大，这么远，显得有点可笑，但如果观众真的养成了恶趣味，只想着段子是好东西，那恐怕哭都来不及了！

（2009年12月10日）

年度汉字是一面镜子

年度汉字评选近来颇受到舆论的关注。新华网日前推出了包括"爱"字在内的26个汉字的候选名单,希望通过网友的投票,选出2009年的中国年度汉字。从目前投票的情况来看,排在第一位的"爱"字得票率只有2.82%,"涨"字的得票率最高,达到了15.3%,而紧随其后的是"房"字和"被"字,前者为12.7%,后者为"10.6%"。

中国是汉字的故乡,但年度汉字评选却首先来自日本。自1995年起，每年年底，日本汉字能力检定协会（汉检）都要在古寺清水宫宣布年度汉字，至今已保持了13年。前不久刚刚公布了今年的年度汉字，"新"字因得票最多而当选。在我国台湾也举行了此类活动，由退休人士郭耀华所推荐的"盼"字在评选中胜出，成为本年度的当选汉字。

用一个字象征这一年的世态民情，是一项很有特色的文化创意，不是吹，在这个世界上，似乎也只有汉字才能给人类似的暗示和联想。日本的"新"字和我国台湾的"盼"字，就有许多微妙的含义和意味隐含在其中。回头再看我们这里的评选，每个字所包含的意味，几乎一望而知，无须说明，也无须注释，都是我们感同身受的。

比如新华网评选得票率最高的"涨"字，显然是对我们当下生活经验的高度概括。作为居民生活一日不可或缺的水、电、气、油，其价格都在上涨；蔬菜、水果、粮油，其价格也在上涨；如果联系到排名第二的"房"字，那么，这个"涨"字的面目就更加露出狰狞之相了。

没有人不认为，中国的房价已经涨到十分危险的高度，它有可能给我们带来无法预测的危害，而不仅仅是穷人或不很穷的人都买不起房这么简单。和"房"字有关的还有那个带血的"拆"字，这个字在2009年进入公众的视野，承载着更多人的触目惊心的痛。

还有那个"被"字，更是活灵活现地表达了我们许多人的生活情态。事实上，在我们的生活中，充斥着一种"被"式的荒诞：被增长、被代表、被就业、被自杀、被自愿、被幸福、被失踪、被娱乐、被……我们的生活是无法选择的，我们的命运是不可抗拒的，所以有人感叹：这一床"被"我们盖得好沉重、好心寒。

无论如何，任何一个社会要想和谐稳定，不能没有正当的民意表达的通道。古代有采诗，"男年六十、女年五十无子者，官衣食之，使之民间求诗。乡移于邑，邑移于国，国以闻于天子。故王者不出牖户，尽知天下所苦，不下堂而知四方"；现代则有影视、文学等各种艺术创作，它们有责任，也有义务，承担一定的对于民意的表达。但现在它们是否肯于承担这种责任和义务，我们实在没有把握。张艺谋说："还要让人沉重多久啊！"言外之意，他更愿意以一种轻松、调笑的态度，到人们的兜儿里去捞钱。由此可见，要把民意的表达托付给这些"不差钱"的人，一定是靠不住的！所谓死了张屠夫，不吃带毛猪。当文艺沦落为娱乐的时候，我们只能寄希望于民众的自我表达。年度汉字评选就是一种很便捷的民意自我表达的方式，虽然一个字的表达难免有失偏颇，无法全面反映这一年的生活面貌，但它毕竟是一面镜子，可以照出我们的某些面相，只是希望它不要成为"哈哈镜"最好。

（2009 年 12 月 24 日）

书中自有颜如玉?

报载,在刚刚结束不久的第23届北京图书订货会上,奇观迭起,参展出版社为吸引读者眼球,营销手段可谓变幻莫测,花样翻新,最有诱惑力的一幕发生在开幕当天,在书展二层最显眼的发布大厅,小说《蛙》的新书发布会正在举行,舞台上除了用于访谈的桌椅,还有一条延伸到观众席的红地毯。灯光渐暗,时尚新潮的音乐响起,只见两位身着低胸白色纱裙的模特徐徐走上舞台。两人迈着专业的时装步,手里捧着莫言的新书《蛙》。伴随着音乐声，一个颇为低沉的男声正声情并茂地介绍着《蛙》的故事梗概。这一新颖的形式立刻在现场赢得一片喝彩之声。

据说，身在现场的莫言，"表情很淡定"，也很坦然，他表示："传统的阅读方式正在受到电子化的挤压，大家都在千方百计地吸引读者的眼球，把读者吸引过来。书模的出现是必然的趋势，它没有负面的意义，人们会慢慢接受这样的宣传形式并成为一种习惯，我想今年的宣传用了书模，明年的图书宣传形式会更加绚烂。"莫言的这番话，多少有一点"无可奈何花落去"的伤感。放在10年前，甚至5年前，我不相信莫言肯说这番话。可是，在当今这个娱乐为王的时代，他不但一定要这样说，而且说的时候还要给人一种看上去"淡定""坦然"的感觉，想想也真够难为他的。

诚然，这件事也照见了商业娱乐大潮中精英文学的尴尬处境。难以想象的是，现在要使人们注意到一本书（更甭提劝人读了），竟要如此地煞费苦心！我不怀疑出版人和作家的善良，他们不过希望有更多的人关注这本书，进而购买这本书，阅读这本书罢了；但我怀疑它所能产生的效果究竟有多大，是不是很有限。历来劝人读书有两种办法：一种是威逼，譬如头悬梁锥刺股之类；另一种是利诱，甚至色诱，譬如红袖添香、举案齐眉之类。北宋皇帝劝士子读书，其中就有"书中自有千钟粟，书中自有黄金屋，书中自有颜如玉，书中车马多如簇"的许诺。是不是很有效呢？应该算是有效的吧，我们从《聊斋》和《儒林外史》中可以找到许多有效的例子，但这种有效怕也只能多出几个范进或王生。

其实，以美女来劝人读书，更像是一种饮鸩止渴的办法。美女也许能吸引更多的眼球关注此书，但无助于读者与此书建立更深刻、更真实的关系，也挡不住精英文学渐入颓唐的大趋势，反而暴露了精英文学的心虚和胆怯。美女书模还有什么"更加绚烂"的手段呢？这种堕落只能不断地突破人们的心理底线，到那时，不知莫言是否还会显得很"淡定"，很"坦然"。事实上，美女治不了精英文学的病。精英文学离美女越近，离社会现实，离我们这个时代，离挣扎于这个时代的社会大众也就越远了。它的病可也就越发严重了。

（2010年1月14日）

理直气壮地宣扬一种精神很难吗？

影片《孔子》今天就要上映了。不论它拍得怎么样，注定都少不了一场口水战。实际上，自从传出胡玫要拍《孔子》的消息后，这种口水战就没消停过。先是有消息称，孔子会武功，"子见南子"时的对白很"暧昧"，甚至有苟且的情节；其后又有濮存昕出来，批评《孔子》剧本太烂，并拒绝出演这个角色；导演胡玫马上出来辩驳，不仅否认找过濮存昕，而且质疑他所看到的剧本的真实性，至少不认为是定稿本；接着又爆出了周润发将出演孔子的消息,也引起人们的很大兴趣和激烈争论。

影片还没上映,这些天,关于《孔子》的新闻也颇不少。王菲复出先为《孔子》献唱一曲《幽兰操》,算是一条;紧接着就有人质疑《幽兰操》乱改韩愈原作,根本不通;几天后又有人炮轰《孔子》的史实和台词错得离谱,胡玫、何燕江都有激烈回应;其中还穿插着周润发颇有些雷人的感言。据说看《孔子》如果不哭就不对了。结果,听说我看了影片,几个朋友见面都问我哭了没有,弄得我无话可说。

这一系列让人眼花缭乱的动作,应该都是可以赚人眼球的,难怪有人将它们都视为影片营销炒作的一部分。但如果仅仅是为了赚人眼球,又何必拍《孔子》呢?君不见,要把"子见南子"想象得很暧昧,不是很有点难度吗?倒不如直接去拍隋炀帝、陈后主、周幽王之类的故事,也许更能满足一些人的好奇心。在这场喧嚣、混乱的闹剧中我深深地感到,其实人们一直在回避一个很严肃,也很重要的问题:这究竟是一部怎样的影片?

其自身的魅力是否足以吸引观众走进影院？

没有人回答这个问题。也许是不屑于回答，也许是觉得回答这个问题有许多不便。事实上，很长时间以来，在这个问题上，我们的态度都显得有一点暧昧。说起来有点"三十年河东，三十年河西"的味道。20年前，说到电影的娱乐性、商业性、趣味性，以及市场、票房、赢利、圈钱之类，大家还是很不情愿的，要找很多理由给自己壮胆儿。当时的社会风气还有点耻于言利的意思，现在似乎不必这样了，大家可以很坦然、很欣然地言利了，这也许是一种进步。但是，一种倾向往往掩盖着另一种倾向，事物在发展中有时也会走到自己的反面。这些年，社会风气悄然逆转，言利变得理直气壮起来，言精神、理想、信仰，倒显得理屈词穷，低声下气，有时还露出一点羞涩。

我们都经历过耳提面命的、灌输式的教育，至今，这样的教育也还没有绝迹。于是大家对涉嫌要教育我们的东西都很敏感，身体会自动生成一种抗体，进行排斥，或者采取放纵自己的方式，以为我们只需要娱乐。这种自轻自贱其实是自己骗自己，自己麻醉自己。夜深人静的时候，我们扪心自问，这种随波逐流、没心没肺、只求一时快乐的日子，真的是我们所需要的吗？过去讲反潮流，现在讲顺应潮流，与时俱进，但无论如何，有些东西该坚持的还是应该坚持，我看《孔子》最感动我的地方，就是他终其一生对自己的信念始终矢志不渝的坚持。不被人理解，不被人接受又如何呢？惶惶如丧家之犬又如何呢？只要有机会，还是要宣扬自己所信奉的精神、理想和信仰。拍《孔子》的，更应该学习孔子的这种精神。说到底，理直气壮地宣扬一种精神并不难，难的是你真的拥有这样一种精神，并准备用它指导自己的行动。

（2010年1月20日）

马未都：让权力学会尊重权利

临近春节，全国观众对央视春晚都是翘首以盼，这时，却突然爆出了春晚剧组与马未都先生的权利纠纷。看到这条消息，我一点也不感到吃惊，倒是有一种早该有人奋力一搏的畅快。当然，这样想也许不够厚道。

事情的原委是这样的，央视春晚语言组根据陈志宏发表在《故事会》中的文章，改编了小品《两毛钱一脚》，后来得知，这是一篇抄袭之作，原作者是马未都先生。接下来的事情非常滑稽，先是剧组工作人员打电话来，希望马未都同意与陈先生"共同署名",被马未都拒绝了;又让他签署确认书,确认同意改编,又被他以"我的权利未弄得十分清楚"为理由拒绝了;最后,又要求他在一份空白合同上签字,再次被他拒绝了。如此一而再,再而三,马未都究竟想干什么呢?他有一句话说得很好:"此时我更应该主张权利,让尊重作者权利不再是一句空话,让本次事件作为社会同类事物的一个范例,让其尊重作者的无形资产成为习惯。"

马未都的这一番话道出了这场纠纷的核心价值和意义。有人说,他争的是面子,这话不能说不对,我们可以设想,如果"剧组小姐"的态度是和颜悦色的,马老师、马老师地叫着,而不是现在这样一副"盛气凌人"的样子,一点基本的礼貌和教养都没有,马老师的字也许早就签了,毕竟,"春晚几百份都是这样签的",更何况,马未都最初就曾有过这样的想法:"为了全国人民,我可以不要一分钱让他们改编。"可是,话又说回来了,闹到这一步,已经不仅仅是马未都一个人的面子问题,在这里我们所看到的,其实正是十分常见的公权力对私权利的傲慢。事实上，公权力的强大和无所不在，总是迫使私权利做出妥协和让步，有时甚至用了十分高尚的名义。"几百份都是这样签的"，没有例外，或少有例外。难得马未都能站出来，奋起做"狮子吼"，打破了多年的惯例和沉寂。

固然，那位"剧组小姐"是这场纠纷的始作俑者，但换个角度来看，她又何尝不是受害者呢？我想，这里所表现出来的，已经不完全是个人修养和素质的问题，"剧组小姐"的傲慢和盛气凌人，显然正是公权力的傲慢和盛气凌人。令人感到悲痛的是，即使是年轻人，在公权力与生俱来的优越感的浸染下，其品性和心灵也不能免于被异化。为什么"几百份都是这样签的"呢？我相信"所有作者都特想为春晚增光，为自己积累，上不了春晚等于白瞎，所有作者都有求于人"，但同时，难道不包含着私权利在公权力面前的无力与无奈吗？

据马未都讲，日前他曾与春晚剧组敲定了15万元的版权支付方案，并将在春晚举办前签订具体的法律文书。他表示："这笔钱如剧组支付给我，我将悉数捐出。"而下午我们通电话，才知道事情又起了变化，经领导决定，节目已经撤下，合同自然也就不必签了。除夕之夜，观众不能如期看到《两毛钱一脚》的小品，或许有些遗憾，但此事的意义及它所产生的影响却是非常深远的。恰如马未都所说："不签也是尊重作者权益的表现。撤下众多人辛苦排练许久的节目，虽是参与者的损失，但从某种意义上说也是一种进步。"我们希望这种进步能够坚持下去，使更多的著作家有一种捍卫自身权利的自觉，也使得公权力能慢慢养成尊重作者权利的习惯。如果是这样的话，央视和马未都的努力就都没有白费。

（2010年2月10日）

是公鸡就该打鸣报晓

看"两会"报道,明星委员总是公众热心关注的焦点。我的印象里,以往看"两会",感觉明星委员容易出新闻,但提案并不多,实际作为就更少。今年的"两会"却有些不同,一上来,明星们的表现就显得十分主动和积极,很多人都是有备而来,提前做了功课,"作业"就装在他们的包里。

明星委员的提案大致可以分为三类。第一类是针对当前的文化现象提出相关的意见和建议,比如有报道称，全国人大代表、吉林省歌舞剧院歌舞团团长刘春海就将携带《关于春晚实行改革的建议》赴京参加"两会"，在这份提案中，刘春海历数春晚"五宗罪"，并且表示："今年我要代表全国电视观众向上级部门提出这个建议，春晚再这么办下去，不如不办！"全国政协委员、中国音乐学院院长金铁霖也表示："春晚节目太低俗了，把老百姓的欣赏水平往低处引导！""20世纪50年代的时候我们音乐水平都很高，还是有一定欣赏水平，反而到了现在，没有什么欣赏水平了。"

第二类是针对本领域的法治建设和相关利益提出各种措施和建议，比如全国政协委员、中国作协副主席陈建功在今年的提案中再次要求将稿费征税起征点提高到2000元；全国政协委员、著名作家张抗抗在提案中呼吁加强网络著作权保护，加强著作权集体管理组织的建设；全国政协委员、著名作家二月河在提案中建议，政府应该大力扶持民营出版，给民营出版以平等的权益。这些都反映了本领域绝大多数公众的意愿。

第三类则表现出更多的社会关怀和人文关怀，全国政协委员、喜剧明星巩汉林就对如何改革听证制度表现出极大的热情，他希望能为老百姓建立更加透明、更加简便的申诉、维权渠道；全国政协委员、北京人艺著名演员濮存昕则提案呼吁全社会都来关注拐卖儿童的问题；而全国政协委员、著名作家冯骥才更关心非物质文化遗产的保护，他建议对国家"非遗"名录设立黄牌警告和红牌除名机制，更好地将"非遗"保护落到实处。

固然，参政议政是政协委员的职责之一。职责所系，总要表现出对于公众利益的深切关注。事实上，能够珍惜有限的提案资源，撰写并提交高质量、高水准、顺乎民心、合乎民意的提案，是对每一位政协委员的挑战和考验。如果仅仅把政协委员当作一种荣誉，来开会也只是带一对耳朵和一张笑脸，恐怕就有些对不住这个称号。严格说来，在这里，明星已经不是明星，在走过人民大会堂的那些台阶之后，他们的身份已经发生了改变，变成肩负着公众利益的政治家了。今年许多明星委员用实际行动证明了他们对于自己的身份转换已经开始有所觉悟或觉醒,他们将更加自觉地履行自己真实地反映民众呼声的职责,这是一个令人欣慰的开始。

(2010 年 3 月 4 日)

给话剧插上"隐形"的翅膀

话剧《关系》登陆视频网站,并现场直播,引起众多网友的热情关注,很多人守候在电脑旁,不仅同步观看现场演出,还能在微博里随时表达自己的感受和心情,同其他观众进行交流。这种观剧体验是以前从未有过的。

大约一年前,我曾在人艺小剧场看过这出戏。至今,丁志诚充满激情的表演,还在记忆中留有印象。他把台词发挥得淋漓尽致,特别是那段长达数分钟之久的爆发，不仅女主人公叶航听了心有所动，就是现场的观众，也很少有人不被他的激情所感染。很难想象，网上视频直播会有这样的效果。

当晚，我打车赶回家中，希望得到一点切实的体验。实际情形看上去相当不错，尽管不如现场直接，但演员的表演仍然可以在观众心里引起震动，带来感动，引发思考。有人担心网络可能屏蔽掉来自现场的鲜活气息，阻断观众与演员的直接交流，我倒以为是多虑了。不过，网上观剧提供给我们的另一种体验却是新鲜的，我们经历过演出之后的现场交流和讨论，却从来没有经历过一边看戏一边了解观众的感受，见解是否深刻倒不必太在意，这种交流的气息总是新奇的和鲜活的。

实际上，传播方式的每一次改变都会给舞台艺术带来深刻影响。没有广播电台，也许就没有梅、尚、程、荀和京剧的辉煌；没有电视，也很难想象小品能发展成为相对独立的一门艺术。今天，话剧借助网络想把自己推广出去，虽然只是个开始，其前景还是很令人期待的。通常，话剧总是在剧场看的，这就使得看戏受到很多的限制,时间、地点、路程、票价等许多因素,把一大批想看戏,但条件尚不具备的观众,挡在了剧场的大门之外。这总是令人感到遗憾的事。

其实,并非观众不喜欢看话剧,话剧也并非就是小众艺术。像北京人艺的话剧,名声传播海内外,很多人久闻其名,如雷贯耳,但是,要想一睹真容,只能移驾北京。人艺也曾各地巡演,毕竟机会太少了。视频直播凭借互联网的强大功能,瞬间就把曾经属于殿堂的话剧艺术传遍了世界,让更多的观众有了观赏话剧的机会。电视台也曾播放话剧,但是,考虑到收视率和有限的频道资源,却只能选择更通俗的大众艺术。在这方面,互联网则显示出自身的优势,尽管也有流量和点击率的压力,但毕竟有更广阔的空间,可以给高雅的话剧艺术留下一席之地。

尺有所短,寸有所长,有一利就有一弊,任何一种传播方式都有其自身的局限性。我们也不可能把观看视频直播与现场欣赏等同起来。这次现场直播结束之后,就有高达 90.4% 的网友选择"我要去现场感受话剧魅力",这说明,网络直播不仅不会影响观众进剧场,反而会使"看过视频的观众有可能从此就踏上到现场观看话剧的道路",导演任鸣的这一点期待应该是不会落空的。因为有更多的人通过视频看到了话剧的魅力。

(2010年3月12日)

为公示慈善发票一哭（修改稿）

连日来，西南五省遭遇特大旱灾的消息牵动着众人的心，也使得冯小刚、张国立、陈道明等一班明星马上行动起来，他们于22日联名发出了向西南旱灾地区捐款"送水"的倡议，并各自捐款人民币20万元。与此同时，以张国立夫妇、冯小刚夫妇、陈道明夫妇，以及林建岳、毛剑锋等人的名义开出的捐款发票也在网上扫描公布。

说老实话，看到这个报道，我的心里一阵阵发冷，感到一种彻骨之寒,似乎看到了冯小刚们举着慈善发票在游街示众。于是想到了从前看过的另一篇报道,说的是老人突然摔倒街头,有人想上前搭救,却要先用相机拍照,留此存照之后,才敢上前搀扶。人与人之间的猜疑、防范、不信任到了这种程度,做好事、做善事还要担心别人的挑剔、质疑、讽刺、挖苦,甚至追查,想想真是不寒而栗。

有人觉得,明星作为公众人物必须接受公众的监督,似乎是天经地义的,理由是明星的经济收入来源于公众对明星的关注。这显然是一种似是而非的说法。公众对哪个明星的关注多一些,哪个明星的票房就多一些,广告代言的收入也多一些,这没有问题,事实也是如此。但是,明星与公众的关系不是巧取豪夺的关系,公众追捧明星,往往是出于自愿的,很少是被权力胁迫的。即便其中有被忽悠的成分,有些人觉得自己是"被自愿",也只能怪自己缺少意志力,而怪不得明星。更何况,明星能够引起公众的关注或追捧,说明明星在某一方面是有才华的,是付出了辛苦的,和你我,和社会上各行各业的人，没有什么不同，都是共和国的公民，非要把明星纳入另册，是不公正的。

很显然，明星不同于政府和政府官员，后者行使的是公权力，占有的也是公权利，理应受到公众的监督；明星虽说也是公众人物，他们的行为也很容易影响到公众对某些事物的看法，因而更应该有道德感，要更严格地要求自己，更虚心地接受公众的监督，真正做到言者无罪，闻者足戒，有则改之，无则加勉，但如果不是违法犯法，侵害公众利益，监督就应该是善意的提醒，就要摆事实，讲道理，以理服人。赈灾捐款本来是件好事，不排除有人故意侵吞善款，借赈灾愚弄公众，私下敛钱的现象出现，这样的事如果发生，应由法律做出公正的判决；如果因此而使更多的人受到伤害，却是不应该的。我们总应该为人世间多保存一点温暖，保存一点善意，这本来也是我们每个人的初衷，如果连这样一点善意、一点温暖都荡然无存，这种局面岂非可为痛哭者，可为流涕者，可为长叹息者！

当今这个时代，重视知识教育，轻视道德教育，旧的精神固已荡然，新的精神或未取得，现在却要明星来充当公众的道德良心，看上去是很可笑的。道德修养，人格磨炼，应该是每个人所以成为人的必修课，孔子说："不贰过，不迁怒。"这是古代圣贤终生修养克己教人的功夫，你的道德修养提高了，对周围的人自然具有感召力；这样的人多了，一心向善的人也就多了，明星是这样，普通人何尝不是这样？所谓"离地三尺有神明"，道德的事更多地还是要靠每个人的自我约束。现在的人喜欢讲自我意识，很少讲自我约束，所以不懂得这个道理，以为是子虚乌有的迷信。

（2010年3月28日）

从五百万版税透视出版乱象

有报道称，最近，有数家出版公司哄炒麦家新作的版权，有人已经出到人民币500万元的天价。所幸麦家本人非常冷静，婉言拒绝了这位出版商的"好意"，他在接受记者采访时说："这个书商连稿子都没看过，就直接拿钱来找我，我还真不知道他葫芦里卖什么药。虽然500万不是小数目，但我肯定不会答应。"

这样的事在今天已经算不得新闻了。在近几年的出版市场竞争中，哄炒版税的事时有发生，记得王蒙、韩寒都有过类似的遭遇。不排除出版商有利用名人炒作的动机,但事实上他们只能打碎了牙往肚里咽。很显然,虚高的版税并不一定带来良好的市场表现,尽管肯出500万的出版商仍然咬紧牙关说自己是"理性"的,但作者都能算清的一笔账,如此精明的出版商不会算不明白,就怕是揣着明白装糊涂。

说起来,出版商花多少钱买一部书稿,是他自己的事,和读者没有什么关系。他愿意赔本赚吆喝,谁也奈何不得。但如此哄抬物价,导致出版行业恶性竞争,最终受害的恐怕还是消费者。表面看来,哄炒版税源于出版资源的稀缺。出版商肯为麦家的新书出500万,只能说明具有这种市场前景的作家和作品太少了。能够卖到10万册的作家有几个?能够卖到50万册的作家有几个?能够卖到100万册的作家又有几个?出版商的心里都有一本账。物以稀为贵,为了能把有限的作品卖得好的作家抢到自己手里,不得不出高价钱,甚至是有风险的超高价钱,这也是可以理解的。

但进一步我们看到,这些作品卖得好的作家几乎都是自发地从市场中生长出来的，很少是出版商自己培育的。出版商宁肯出500万或更高的价钱采摘现成的桃子，也不愿花力气、花时间做一点栽培的工作。君不见现成的桃子越来越少吗？大家的眼睛只盯着少得可怜的那几个作家，看不见大量的有发展潜质的新作者，一边是哄抬高价，语不惊人誓不休；一边是无人搭理，零落成泥碾作尘。其结果是自发生长的桃子更加稀缺，桃园却因无人栽树，无人管理而更加荒芜。长此以往，中国出版的原创力难道不令人担忧吗？

出版市场的持续繁荣是靠大家维护的，如果只想摘桃而不想种树，只想攫取现成的成果和利益而不肯投入一点精力和财力培育出版市场的未来，只想在市场上赌一把而不愿老老实实、兢兢业业地经营、创业，这种赌徒心理自然是既害别人，也害自己。出版商逐利是天经地义的，但不能没有一点文化道义的承担。毕竟，中国文化的积累和传承在很大程度上还要仰仗出版人呢，诸君千万不要自轻自贱啊！

（2010年3月31日）

假唱第一案的警示效应

有报道称,中国内地首例被执法部门查处的假唱案件于近日尘埃落定。演员方梓媛和殷有璨被相关部门查处并认定在商业演出中假唱,根据《营业性演出管理条例》第四十七条之规定,执法部门对方梓媛、殷有璨分别给予5万元行政处罚。

看到这个消息,我的感觉是多少有一点啼笑皆非。先说笑,广大观众提了多少年的意见,现在终于有人为"假唱"买单了,无论如何都是一件大快人心的事。

作为开端，我们有理由感到高兴。但是，也要看到，高兴归高兴，却也笑得十分勉强。为什么？因为，拿两个名不见经传的小人物开刀，总给人"柿子拣软的捏"的感觉，让人心里觉得不是滋味儿。难怪有人称之为"愚人节之后的冷幽默"。

非我辈孤陋寡闻，方梓媛与殷有璨何许人也？我猜想，怕是没几个人说得上来。查过以后才知道，二位只是当晚为黄圣依站台的两个小演员。不是说小就可以原谅，再小，做了不可原谅的事，也要为自己的行为承担一定的责任。问题在于，就假唱这件事而言，绝非这两个小角色所能代表。事实上，这些年来，从春晚到各种演唱会，假唱事件可谓层出不穷，涉及许多大牌明星，观众的质疑声更是不绝于耳，但是，我们却从未看到有谁去认真查过，也从未看到有谁受到过处罚。为了打击假唱现象，我国早在2005年就颁布了《营业性演出管理条例》，并于2009年出台了新的《营业性演出管理条例实施细则》，进一步加强对营业性演出的管理。其中第三十一条第一款规定："营业性演出不得以假唱、假演奏等手段欺骗观众。"第三十一条第二款更进一步对假唱和假演奏现象进行界定，即"前款所称假唱、假演奏是指演员在演出过程中，使用事先录制好的歌曲、乐曲代替现场演唱、演奏的行为"。既然如此，究竟是相关部门不作为呢，还是明星牌子太大，不能有所作为，甚或不敢有所作为，而只能睁一只眼，闭一只眼呢？

尽管如此，"假唱第一案"对假唱行为的警示意义还是显而易见的。俗话说，杀鸡给猴看，又有成语"敲山震虎"，也会引起我们很多联想。只是"鸡"如果不成样子，猴子就未必能被吓住；而敲山的动静太小了，对老虎也难有震慑作用。所以，我很希望其他地方和更高一级的文化管理部门和相关的执法部门能像四川省文化厅和双流县文体局的执法人员一样，也拿出一点认真、执着的精神来，抓几个像点样子的"大案要案"，让那些"猴子"和"老虎"真正领教一下法律的威严，还广大观众一个真实、清白的演出市场。真像四川省文化厅市场稽查总队副总队长谭万春说的："对每一场商业演出,继续实行严格的现场监管,彻底封杀假唱。"做到这一点,真的很难吗?

(2010年4月8日)

网络文学：可以垃圾，可以花朵

前不久，有报道称，麦家在一次文学沙龙上语出惊人："如果给我一个权力的话，我就要把网络消灭。"他还说："网络上的文学作品99.9%都是垃圾，0.1%是优秀的。"记者描述当时的情景说，麦家说这番话时"近乎咬牙切齿"。此言一出，麦家马上成为众矢之的。

我相信麦家是出于一时激愤才说这番话的。而且，这番话说得不完全错，有部分的真实性。我们总说喜欢真话，有人说了真话，却往往不受欢迎，有时还要为说真话付出一定的代价,事情就是这么滑稽。当然,网络是不可能被消灭的,就像我们不能消灭书本一样,虽然几千年来不断有人以种种"高尚"的理由焚书,至今也还没有把书本消灭。不是这些人手中没有权力,而是他们太相信自己手中的权力了。电视刚出现的时候,也有人愤慨地想要消灭电视,最终只有把自家电视机扔下楼去了事。

事实上,文学的生产是不能保证只出精品,只出杰作,不出垃圾的。甚至,垃圾的产生倒是正常的,而精品和杰作,却需要奇迹。并非只有年轻生命的网络文学是这样,有了几千年历史的非网络文学也是这样。我很希望诸位能将文学看作一条河流,它是由无数的水滴和涓涓细流组成的,它无时无刻不在流动之中,翻卷起无数泡沫。它当然也裹挟着有价值的东西,比如金子,但是需要时间的沉淀和淘金者的淘洗,才能使它浮现出来。法国学者蒂博代说过:"如果不是有成千上万很快就将湮没无闻的作家维持着一种文学生活的话,那就根本不会有文学,也就是说,不会有大作家。"这是文学的真实境况,没有一个作家敢夸下这样的海口:我就是生产精品和杰作的,我不生产垃圾。这样的作家,我想,恐怕还没有出现。

任何时候,在文学生产中,都是精品少而垃圾多,杰作少而平庸多,这没有什么可惊讶、可奇怪的。只不过,网络文学写作由于其广泛的参与性,随着人们受教育的程度普遍提高,参与写作的人数也空前高涨;再有,网络作品的发表十分便捷,也激发了人们的写作热情,这些都使得垃圾作品的产出几乎是以几何级数在增长,从而放大了这种现象。这样说并不意味着垃圾作品的写作就没有意义,没有价值,没有存在的必要。如上所说,它是构成整体文学的一部分,同时,它也是写作者内心需要的一种流露。至少,它满足了写作者个人的表达愿望。这也是不能被任何人所剥夺的。进而言之,精品也好,杰作也好,往往是从深厚的文学垃圾的沃土中破土而出,生长出来的,垃圾便是花朵生长的土壤。麦家在看到有关报道之后,曾在博客中为自己辩护,他也持有类似的看法。他说:"我认为网络上的文学作品99.9%都是垃圾,0.1%是优秀的,但它们混入其中,就像大海里的一根针,虽然在那儿,但实际上消失不见了。慕容雪村和安妮宝贝是从网络文学里杀出重围的侥幸者,从他们身上,我想到一点,不管网络文学有多么垃圾,但我相信将来打败我们的人一定是从网络文学中诞生的。"他把自己置于网络文学的对立面,这是他的选择,但他的话说得不错。

(2010年4月15日)

为曹操翻案的负面考量

这几天一直在看新版电视剧《三国演义》,仅就看过的几集而言,感觉编导叙事的侧重点确实是在曹操这边。很多人都注意到了该剧对"桃园三结义"的故意忽略,已颇能说明编导的倾向和意图。有人说编导欲为曹操翻案,或不谬也。

不过,为曹操翻案绝非新鲜话题,至少50多年前的郭沫若已经做过这件事了。旧版电视剧《三国演义》也并非像有些人所说,全走罗贯中"尊刘抑曹"的路线,鲍国安所饰曹操依然有可圈可点之处，是相当成功的，而他的成功并非把曹操演成奸雄这么简单。至于说到新版的打算，编导欲以曹操为中心重新结构三国故事的企图是很清楚的，但曹操最终被塑造成一个怎样的形象，目前还不太看得出来。开头这几集，曹操出场的次数很多，戏份也不算少，但看上去，此人的形象还很薄弱，近乎一个串场人，如果是做翻案文章，只能说"革命尚未成功，同志仍须努力"。

说到为曹操翻案，各个历史时期虽有不同的理由，但其逻辑出发点却表现得相当一致，都把罗贯中的"尊刘抑曹"看作是对历史真相的歪曲和篡改，因而是不真实的。这种观点本不足论，因为，历史叙事的真实性本来就是大打折扣的，遑论小说和电视剧，如果以"历史真实"来要求它，岂非南辕而北辙！有人大谈更为尊重史实的陈寿，把《三国志》作为衡量《三国演义》是否真实的尺度，岂不知陈寿也曾索贿不成，愤而篡改传主的历史。这里并非说《三国志》全不可信，而是说，拿《三国志》打击《三国演义》是说不通的。

与其说罗贯中的《三国演义》违背了所谓历史真实，倒不如说，他所秉承的是另一种真实，一种社会学意义或文学意义上的真实，而非历史学意义上的真实。这也说明，所谓罗贯中因为个人好恶而对曹操和曹魏政权进行极端批判与贬低的说法是多么缺少说服力。就连很早出来为曹操翻案的郭沫若也承认，宋代以前骂曹操的人还不算多，宋代以后，骂他的人就多起来了。罗贯中的《三国演义》正是宋代以来小说家、戏剧家及说书艺人长期创作的集大成者，不能说其中没有罗贯中个人的爱憎，但也难逃无所不在的世俗见解。也就是说，《三国演义》所表达的正是宋代以来的社会潜隐心理，即社会的诉求和愿望，并集中体现为刘备的仁、关羽的义和诸葛亮的智，也就是儒家道德理想"智、仁、勇"的化身。这种社会心理的表达有其自身的真实逻辑，这也正是小说、戏曲等俗文化的社会价值所在。若干年后，人们或许可以根据今天对《三国演义》等名著的改编，透视当今社会的某些真实面，就其社会心理的真实性而言，其可靠性可能超过某些历史叙事。

说到这里可以看到，为曹操翻案所隐含的，恰恰是一种对于传统文化核心价值观念的不信任。曹操固然是一代英雄，在政治、经济、军事、文化等方面均有建树，但以儒家的文化价值观念来衡量，却也有些"反潮流"的举动，为正统儒家所不齿。传统文化的复兴在当下受到各方面的高度重视，却多表现为表面的热闹，其核心价值和精神信仰要得到社会的广泛认同，似乎并不乐观。为曹操翻案，是为一例。

（2010年5月5日）

儿子如何写老子？

季羡林大师身后一直不得安宁。最近，他的儿子写了一本书《我和父亲季羡林》，又引起舆论一片哗然。在儿子笔下，季羡林很像是个人生的失败者，虽然在学术上成绩斐然，颇有建树，但家庭生活却毫无幸福可言，对妻子和儿子一直都很冷漠，是个孤独、寂寞、吝啬、无情的人。季羡林的早年经历——寄居叔父家、无爱的婚姻、母亲的早逝等，塑造了这样一个压抑、封闭、孤傲的性格，他的意气用事毁了这个家，也使得他至今身陷阴谋的泥淖而难以自拔。

对此，批评儿子的人认为，我们有"子为父隐"的古训，并有"为尊者讳"的传统，儿子这样写老子，尽管"真实得近乎残忍"，却并不符合传统的父子伦常，也有失厚道。而赞赏儿子的人则认为，作者的笔触看似残忍，其实包含着一颗挚爱之心，他希望还原一个真实的父亲形象，他也希望读者能够接受一个有缺陷的季羡林。儿子这样写老子，把老子剖开给世人看，是需要勇气的。与绝大多数儿子写老子的回忆录相比，这本书让人感受到一种"苦涩和悲怆"，却也是为了真实而付出的代价。

儿子与老子关系紧张，自古皆然，所以才有"父慈子孝"的双向要求。但儿子是否可以揭老子的老底，却因时代不同、立场不同而各持己见。从传统的伦常大义出发，自然是父为子纲，子为父隐皆属天经地义；但新道德并不承认三纲五常为最高原则，在此之上还有国家、民族、阶级、党派，以及社会道义的要求，所以，子为父隐也常常遭人诟病。抛开这一切不谈，就事论事地说，季大师的儿子剖析他的老子这样地不留情面，固然是为常人所不能接受的，但在今天，如果是他个人的自觉选择，他人倒也无从置喙。

我们每个人都离不开亲情的滋润，没有亲情，我们的心就荒凉了。因此，我很理解一个儿子由于老子的漠视而心生怨恨。父爱与母爱有些不同，母爱可以是专一的、无条件的，而父爱却做不到这一点。父亲固然是一家之长，但家对于他却不能像母亲所认为的那样就是一切。对于一个男人来说，一定还有比家更广阔的天地、比亲情更博大的情怀，"三过家门而不入"，"匈奴未灭,何以家为"，这些都是社会对于男人的要求。常常有这种情况：当一个人专注于他的事业的时候，对于身边最亲近的人和事便会有所忽略。这也是人之常情，是可以理解的。做儿子的连这一点都看不透，说明他并不真懂他的老子。

最后还想说到一点，儿子如何写老子，是儿子的事，问题在于，有人不能接受儿子笔下的这个老子。除了上面说到的"子为父隐"还在暗中支配着我们的情感之外，再有一点就是儿子的写作颠覆了我们心中高大完美的"大师"形象。季羡林本是我们心造的一尊神，我们却又信以为真，对之顶礼膜拜；当有人指出"神"也具有常人所具有的缺点时，我们往往又拒绝接受，并加以否认。这是需要我们认真反思的。我们敬仰季羡林大师的学问，如果他真有一些性格上的缺陷，或在处理与家人的关系时不够周全，疏于示爱，我想也无损其学术上的光辉。金无足赤，人无完人，谁又能如上帝一般十全十美呢！

（2010年5月13日）

每一种影片都是不可缺少的

记得去年上海电影节期间,王小帅公开批评陆川、宁浩作为导演"太失败",其电影缺少艺术味道和文化承担,网上还有很多人询问"王小帅是谁"。时隔不到一年,王小帅再次将矛头对准比他年轻的一代导演。在今年的戛纳国际电影节上,他针对影片《80'后》发表意见,认为"80后""90后""有知识没文化",在消费文化大潮中,只能被动接受,不会主动思考,因此,第六代之后,中国电影不会再有第七代导演群体的出现。此言一出，王小帅立即成为许多网民质疑的对象，相信今后不会有人再问"王小帅是谁"了。

王小帅是第六代导演中的佼佼者，他的《长大成人》《十七岁的单车》都是非常优秀的影片。这两年他一再以比较激烈的言辞批评他的同行，我想，在他而言还是出于对中国电影未来的担忧，而并非全是私人成见。而且，如果不是故意闭了眼睛不看或意气用事的话，那么，就应当承认，他的担忧绝非"杞人无事忧天倾"的多此一举，而是很有针对性的。事实上，对于当下的中国电影，很多人都憋了一肚子话要说。专门评选最差影片的金扫帚奖、酸芒果奖在两个月之间先后问世，这在中国电影史上怕也是从未有过的。

不过，王小帅把中国电影目前所遇到的种种问题完全归结为"80后""90后"的"有知识没文化"，不仅有失公正，也与事实不符。即便中国电影真的存在着向消费文化妥协、过分商业化的问题，始作俑者也绝非"80后""90后"这一代年轻导演，这是有目共睹的，尽管他们的成长背景确实与消费文化、商业文化密切相关。所以，把自己这一代与年青一代完全对立起来，其实是被某种假象所蒙蔽，没有看到你中有我，我中有你的真相。有趣的是，不仅王小帅这样看问题，反对王小帅的陆川也这样看问题，他说，"第六代"是电影节培养起来的，"第七代"则是中国电影市场培养起来的，可见是用了同样的思想方法，都显得有些片面和绝对。

其实，电影就是电影，无所谓商业电影还是艺术电影。我一直以为，商业只是电影的一种流通传播方式，而非电影的一种形态，就像艺术只是电影的一种境界，也非电影的一种形态一样。因此，王小帅可以去拍他所钟情的"艺术电影"，别人也可以去拍非艺术的"商业电影"。作为观众，我辈寄希望于电影的，只是"好看"二字。这两个字看似简单，其实很不简单，也不是票房高低就能衡量的。在这里，"好看"二字包含了多种可能性，有那种满足我们感官的影片，也有为了抚慰我们的心灵、转移我们的心境、消磨我们的人生、调剂我们的生活而拍摄的影片，更有令我们把玩、欣赏，陶冶我们性情的影片，当然也有介入社会历史，去除俗常之蔽，以恢复洞见和更高的人文关怀并使我们感到震撼、醒悟、恢复记忆和痛苦，其根本在于重建自我与世界之关系的影片，都有可能拍得很好看。说到底，观众所不满的，是好看的影片之不易得，至于艺术还是商业，倒还在其次。

（2010 年 5 月 20 日）

用法律能管住"大嘴"吗?

报载,在经过漫长的等待之后,近日,著名"大嘴"宋祖德终于到上海静安法院缴纳了谢晋名誉权案的部分赔偿金,并在道歉声明书上签下了自己的大名。据悉,宋祖德曾提出当面向谢晋夫人徐大雯表示歉意的请求,但遭到了后者的拒绝。他在接受采访时表示:"我的道歉是发自内心的,徐大雯老师今年84岁,我42岁,我应该叫她一声奶奶,'孙子'向奶奶道个歉应该的。"

不知从何时起,八卦横行,娱乐至上,应运而生的,便是这遍地的大嘴和小嘴。大嘴小嘴们的吵闹喧嚣，不仅给娱乐圈带来了烈火烹油般的繁荣景象，也满足了看客们的虚荣和窥私欲望。这些大嘴小嘴和狗仔们互为补充，专以发现、发掘、发挥、发布名人、明星的隐私为乐，其实都是娱乐圈的乞食者，希望能从这里分一杯羹。有一种"市场需求论"，专为大嘴小嘴们的行为找根据，似乎是说，有买有卖，符合市场原则，不能说是不合理的。还有一种说法，认为名人、明星都是公众人物，从公众那里得到了无数的好处，公众有权知道他们的一切，包括私密生活。这些都使得大嘴小嘴们有恃无恐，胆大妄为，信口雌黄，胡说八道。名人、明星们或者忍辱，或者借势而搏出，几乎已经成为娱乐圈的"潜规则"。

我不认为名人、明星不可以批评，其丑事不可以曝光，但这一次宋大嘴确是玩儿大了。何谓大？并非指谢晋名头大，来头大，而是说，他的爆料，已非纯粹的娱乐，而是触碰了社会的伦理底线和法律底线。固然，言论自由是每个人的基本权利之一，是不能被剥夺和伤害的。但同样重要的是，每个人也要学会为自己的言论负责。

不负责任的自由言说或许能给言说者带来一时的快感，却也很容易给他们带来麻烦，并且付出必要的代价。宋祖德这一次是付出了代价的，但不知他能否因此学会负责任地说话和说负责任的话。他在写给刘晓庆的道歉信中表示，"以后遵纪守法，谨言慎行，保证此类事件不再发生"。能这样做当然很好，否则，学费也就白交了。

娱乐圈能从宋祖德的败诉中得到多少教训呢？在这个疯狂娱乐的年代，我们想乐观一点似乎都很难。事实上，大嘴小嘴们仍然在前赴后继，层出不穷，不可遏止。而且，这种娱乐精神还有向其他领域扩张的趋势。看电视就会发现，不仅传统的娱乐节目在"娱乐"，甚至读书节目、科教节目、健康节目等，也在追求娱乐，更多的大嘴小嘴从各个领域涌现出来，充斥在生活的各个角落。从这些"嘴"里说出来的话，有多少是负责任的话？又有多少张"嘴"是在负责任地说话？这真的是很难说。在这里，徐大雯的做法也许才是最有效的，有时候，只有法律才能还给一个人清白。最新的报道说，刘晓庆不打算接受宋祖德要和解的建议，坚持和他法庭上见。我想，多一点这样的较真，大嘴小嘴们进步得也许会快一点。

（2010 年 5 月 27 日）

有些话,不能拿到电视上说

电视相亲节目如《非诚勿扰》《为爱向前冲》之类,自开播以来就争议不断,近来更受到社会各界的关注,人气之旺,鲜有超过它们的。一些以直言、敢说而搏出位的嘉宾,也受到唯利是图之商家和庸俗无聊之看客的追捧。这种现象已经引起社会的广泛质疑和忧虑。

先前,我们也曾听到一些雷人雷语,比如"宁愿坐在宝马里哭"的马诺,就说过"交过的七八个男友仅是零头"一类的话;一位自称"毒舌头"的女人,则宣称其座右铭是"除非你多金，否则别理我"；还有说了"非豪宅男不嫁"的朱真芳；以及被称为"整容女"的陈娟，也说了"你们认为我哪里漂亮，我哪里就是整过的"这样的话。这些话应该还属于价值观的范畴，固然有拜金之嫌，但在当今这个倡导价值多元的时代，似乎也无可厚非。

不过，这种情形现在却有愈演愈烈之势，雷人雷语也跟着水涨船高，露出了更加赤裸裸的面貌。近日便有男嘉宾提出了"检验对方性能力"的要求，而女嘉宾亦欣然接受。真不知这种"原生态"最后会不会"原生"到野人或者类人猿那里去。近年来颇有人喜谈人的动物性，以为这才真实，不"装"。孰不知，人之所以为人，却是因为文明或文化掩饰，甚至约束了人的动物性。心理学认为，人有本我、自我和超我，又有潜意识和意识。往往人的本我和潜意识的自然流露，只能是在梦里，而非公开场合。这是因为，人所创造的文明或文化使人懂得了羞涩，懂得了廉耻，不能再赤裸裸地将自己置于光天化日之下。所谓服装，也是装，却是源于人类要遮羞的动机。

有人很赞赏有什么说什么,以为这样才是真人。但如果你在婚礼上说两人以后也许会分手,或在别人孩子满月时说这孩子早晚会死的,因而饱尝一顿老拳,我以为你是活该!孔子说:"克己复礼为仁。"我觉得这个"仁"也可以改成这个"人"。这句话以前是被我们批判过的,现在看来,不能克己复礼,确有可能鲜矣仁或人,就像我们听信了不能那样雅致,那样从容不迫,那样文质彬彬,那样温良恭俭让,结果只能变得很粗俗,很霸道,不讲礼貌,不能忍让,不知羞耻一样。其实,嘉宾们的有些话并非不可以说,这些话所反映的人类心理,也是很普遍的。问题是在哪儿说。如果是夫妻、情侣二人的私密空间,尽可以深入探讨,想"检验对方性能力",亦无不可。但在公开场合,尤其是在公共电视台,其传播范围之广,无出其右,说什么不说什么,就要仔细考量。有些话,我想是不能拿到电视上说的。说了,就会让人觉得是寡廉鲜耻,是利令智昏,是鲜矣仁或人!

现在有人很喜欢鼓励这种行为,说得越"雷"人,越有人叫好。这种人就是居心叵测的人,是要小心提防的人。他们或者逐利而忘义,想从里面赚取更多的商机;或者是心理阴暗,别人说了自己想说而不敢说的话,出来支持一下,既满足了心理需求,又不伤自己的面子,还能落个开明的名声,算盘打得是很精的,但也可能因此害了这些不谙世事的年轻人。

(2010年6月3日)

影片质量能否和演员身价一起高飞

这几天,由于上海正在举办电视节,演员身价飞涨的问题再度被大家提起。从媒体的报道中可以看到,制片人、发行人及影视公司的老板都在抱怨演员的片酬太高,而且增长速度惊人。有人说,演员的片酬近3个月内翻了一倍,而有些演员的片酬几年之内竟涨了10倍。中国的影视剧市场还能承载多高的演员片酬?现在谁也说不好。记得前几年,有人惊呼演员片酬超过10万,以为不能再涨了,再涨就承担不起了,谁能想到现在涨到了每集30万或每天35万,依然供不应求?恰如海润老板刘燕铭所说:"就是这样的天价,都不一定能请到。"可见,增长的极限还没有显现,涨是必然的,不涨是不可能的。

既然演员的片酬涨了,那么影视剧制作的总投入是不是也涨了呢?答案应该是肯定的,但增长的幅度和速度显然没有那么大和那么快。据有些制片人透露,在2000年或2001年的时候,演员的片酬差不多只占整个制作成本的20%~35%;到了2004年和2005年,这个数据就已经接近50%了;现在做一部电视剧,演员片酬有时候甚至能占到60%。这是个什么概念呢?就是说,由于演员片酬增长过快而总的资金投入赶不上片酬的增长速度,结果便造成了用于影视剧制作的资金事实上越来越少。

演员在影视剧中居何种地位?如果说以前还是导演制的话,那么,在市场化和商业化的环境中,已经转变为明星制。也就是说,演员在影视剧中的地位被大大地提高了,尤其是那些大牌明星,他们甚至决定着一部影视剧作品的命运。所以，一个不能回避的事实是，影视剧市场化和商业化的程度越高，演员明星的片酬也就越高，增长的速度也就越快。但也因此带来一个问题：如果总的资金投入增长没有那么快，那么，一旦遇到演员片酬的"狮子大张口"，会不会影响到影视剧的创作质量呢？

我们知道，影视剧都是靠钱砸出来的。这钱不仅要砸在演员身上，也要砸在影视剧的制作上。既然总的资金投入是有限的，也就不能允许演员片酬"无限"增长。很显然，用在演员身上的钱越多，用在制作上的钱也就越少。制作费用的捉襟见肘，观众从完成作品中是可以看得出来的。举个最简单的例子，有些制作人为了省钱，有些场景或镜头往往多次重复使用，同样的画面在叙事中一再出现，制作粗糙、简陋，令人难以容忍。据说这都是因为资金不足，只能一拍当十拍甚至百拍来用。此犹难矣，遑论其他。

观众欣赏影视剧，固然要看演员，看明星，却也不尽然。因为，影视剧创作不是有了演员就万事大吉了，还有编剧、导演、摄影、录音、美术、剪接，甚至服装、化装、道具等多个行当，哪个方面出了问题，都可能影响到作品的质量。然而，没有资金的支持和保障，又如何保证质量不出问题呢？何况有些演员的片酬并不和他们的表演水平成正比，不是要的片酬越高，表演水平就越高。有些人名声叫得很响，却徒有其表，心里边的货并不多。别看他"不差钱"，他所创造的角色恐怕没有几个能在观众心里留下印象。这种演员其实不值他所要的片酬，遇到这种演员，片酬或许高飞了，影视剧的质量却跌落到地上了。这是不是影视剧的悲哀呢？

（2010年6月10日）

余老师说得太多了

报载,第 14 届 CCTV 青年歌手电视大奖赛流行唱法个人决赛日前落幕。有趣的是,作为一场历时数十天、影响遍及全中国的歌手大赛,我们似乎并没有记住哪个歌手的名字,而仅仅记住了余秋雨。难怪有人说,余秋雨是整个青歌赛的真正赢家,他是这次大赛的唯一金奖获得者。

余老师原本是不准备参加青歌赛的,他在一些场合曾经表达过这种意愿。但据说,没有余老师的点评,收视率便上不来。为了拯救收视率，余老师只好在央视领导"飞到上海三请四邀、盛情难却"的情况下，在观众的争议声中再度出场亮相。而众多的歌手也就在对收视率的期待中再度成为余老师的衬托，不，应该说是"被衬托"。

余老师有学问，是大师，这不假，没有人否认。虽然有时也出一点小小的纰漏，但均属"口误"，算不得什么，无损余老师"大师"的光辉形象。问题是，一个青歌赛，是否用得上余老师这么大的学问？而且，让这些歌手和有这么大学问的余老师对决文化，实力是不是太悬殊了？胜负一点悬念都没有。最后，只能变成余老师一个人"独唱"。

余老师有时是很谦虚谨慎的，但是，肚子里的学问太多了，不时就会冒出来，管也管不住，所以，余老师又常常被认为"喜欢炫耀"，这也是否认不了的。现在，青歌赛给余老师搭起一座讲坛（非百家讲坛也，因为只有余老师一家），害得余老师只能尽情地、放肆地炫耀。那天听余老师讲"庄子"，因为考题中有"天地与我并生，而万物与我为一"这句话，问考生出自哪里。考生答了《庄子》，已经答对了，余老师却似乎意犹未尽，又从庄子讲到孔子，从孔子讲到老子，这时他讲到老子有句话，"大美不言"，即真正的"美"是无须说，更无须说很多的。我忽然想到，余老师是知道多说无益的，却还要说很多，怕也是尽入其彀中而难以脱身吧。

但有时，余老师却也难辞其咎。在这样一个场合，他说得的确是太多了，该说的，不该说的，他都说了。这就难怪有人要说他"喧宾夺主""好为人师"，这两顶帽子送给他戴，我看倒是挺合适的。其实也非只一个余秋雨，现在，电视台举办的各种"比赛"多如牛毛，评委更是群星灿烂，有些人我们甚至在各种比赛中都能看到，算是"脸儿熟"。说到评委们的表现，在摄像机面前，他们表现得似乎比选手还要风光或风流。看起来，数风流人物，不在选手，而在评委呀！我以为，作为评委，在电视屏幕上，还是尽量约束一下自己为好，不是评委应该做的，就不要做，不是评委应该说的，就不要说。至于打情骂俏，信口雌黄，就更加等而下之了，不说也罢。

（2010 年 6 月 24 日）

贺百岁老人周有光开博

今天上午打开电脑,有朋友发来一条信息,说是周有光先生开了博客。这个消息一下子让我兴奋起来,赶紧欣赏。

周有光先生以105岁的高龄,开博客,写博文,不能不被看作是一件奇事。在成千上万的博客中,以周老先生年龄之高、学问之深,恐怕再找不出第二个来了。他早年留日,攻读经济学,还是中国人里屈指可数与爱因斯坦交谈过的人。1949年回国,在上海任经济学教授,帮助谋划上海的经济建设。1955年，他受命改行，参与设计"汉语拼音方案"，被誉为汉语拼音创始人之一。他还是《简明不列颠百科全书》中文版的三位编委之一。这样一位老人，他的博客将是怎样一种面貌呢？

事实上，读周老先生的博文真是一件赏心悦目的事。你会觉得，就像听一位慈祥的老爷爷在聊家常，如逢春雨，如沐春风，润物无声，却又沁人心脾。悠长的岁月在他身上已经演化为人生的智慧，点点滴滴，寻常之事，都能透视对人心幽微的观照。比如他说："我不发愁，发愁没有用处。我遇到过许多困难，已经有经验了，觉得塞翁失马，焉知非福，不要慌。"最后这三个字，对生活在今天的我们来说，实在是太重要了。又有几人能做到遇事不慌而平心静气呢？实在少之又少。

这正是得道高人与凡夫俗子最主要的差别所在。这里所谓的道，其实是生活之道，而非道学之道。许多人总以为得道之人生命境界必较常人超越、洒脱，其实不然。他们也是普普通通的常人，因为生活中有了种种难以超越的困惑，才思解脱。坦白地说，这点"自知之明"，才是得道之人所以得道的根本，是他们从生活入手，参透人心幽微的结果。我们从周老先生的博文中深深地体会到这一点。人们总以为，博客是个是非之地，喧闹之地，欲望之地，红尘滚滚，乱象纷呈，当我们遭遇周有光先生的博客之后，也许会改变这种偏见。

我知道有些朋友是不大看得起博客的，不开博客竟被认为是自己的一种操守，是耐得住寂寞的表现。这当然是他们的一种选择，别人是很难评说的。但是，对于博客的这种偏见，我却觉得应该破除。博客是什么？不过是借助网络传播信息的平台而已。在这里，你可以表达自己的欲望、向往、追求，也可以表达你的情感，传播你的思想、言论，甚至学术成果。我们做学术，搞研究，不是要服务这个社会的吗？不是想使这个社会更加进步吗？那我想，我们不应该拒绝传播与表达。实际上，就现在而言，没有比网络更便捷、更广泛的传播渠道了。它不仅给大众更多的机会，也会给您更多的机会，为什么不试一试呢？

　　所以，周有光先生以105岁高龄开博客，真是一件可喜可贺的事。一些人也许会从这件事上得到启发和鼓励，会有更多的人通过博客，把自己的思想见识、人生感悟、创见发现，乃至品格操守，与大家分享。这是多么美好的一件事啊！

（2010年7月15日）

如何处置影评人这块鸡肋?

前几天,冯小刚发表宏论,称影评人都是精神有问题的,就跟拿刀去幼儿园捅孩子的人一样。据说,现场爆发了热烈掌声。

我是写了差不多 30 年影评的人,忽然听说影评人等于杀人犯,写影评就像"有人拎着刀去幼儿园见孩子就砍",还是有些心惊肉跳。鲁迅虽然痛恨"恶意批评家",却也只是说他"在嫩苗的地上驰马";何况冯导已非"嫩苗",早已长成参天大树,根深蒂固,盘根错节，区区影评人，又其奈他何！

影评人当然不是杀人犯。聪明智慧如冯小刚者，怕是也拿不出指控影评人为杀人犯的证据。但影评人究竟是什么人？他们的身份究竟怎样？在整个电影生产、消费的链条中，他们处于怎样的位置？这些问题倒是很有讨论的必要。

实际上，自20世纪90年代以来，影评及影评人就已经被陷于十分尴尬的境地。客观方面是电影越来越"商业"，越来越娱乐，越来越强调它的消费属性，影评人变得无所措手足。主观方面是影评自身的缺失，专业的批评、研究且不论，仅就大众影评而言，一直表现为三个特点：其一是观感式的，有感而发；其二是发挥式的，借他人酒杯浇自己块垒；其三是自我教育式的，如我们曾经读过的许多工农兵的影评。随着商业电影如浪潮般涌来，这三类影评基本上是被废了，绝无用武之地。很多电影犹如快餐，既无余味，也无余音，走出影院即烟消云散，何来感动？又何来感想？有的只是上当受骗后的一腔愤慨。而想浇自己块垒的，则发现电影已非酒杯。自我教育式的更陷入一种困惑和茫然，因为很多影片所宣扬的价值观，并不能被工农兵所接受，以前很活跃的工人影评组，也早就不见活动了。

这就是电影的商业时代或资本时代影评和影评人的处境。为了弥补这个空缺，新时期以来，另有一些人承担了影评人的职责，其一是依附于电影制作方、发行方及各大院线的营销宣传策划公司，我们在媒体上看到的很多影评，都出自他们之手，其公信度不敢恭维；其二是活跃于网络和一些媒体的自发的写作者，这些人都有很好的观影训练，至少是有几百或数千张影碟垫底的，也许他们不是这个行当里的人，但他们都是真诚的电影爱好者，他们对电影往往能说出很中肯的意见；其三便是各路记者，他们有时是以报道者身份出现，有时却又变身为影评人，其间的难处自不待言。为了维护其饭碗，有时就要说些违心的话，其公信度自然也就降低了。影评人的话没人信或不受重视，从这里也可以看出一点端倪。

但影评人绝不是可有可无的。它在电影的生产、消费环节中，应该有自己的位置。大家很羡慕美国的影评人，因为他们可以影响电影的票房，很多观众都是根据影评人的意见来决定是否观赏一部影片。这是因为，美国的影评人只对观众负责，而无须对电影的制作方、发行方及各大院线负责，他们是独立于整个电影利益链条之外的，这样才能保证他们评介影片时的客观和公正。然而他们又不是完全个人化的，并不以个人的好恶为标准，并不搞什么借题发挥，而只是运用自己所掌握的电影专业知识，老老实实地为观众做一个导游，在国产影片年产量即将达到500部的时候，这绝对是很有必要的。也只有这样，影评人才算找到了自己应有的位置，也才能够真正为观众所信任，并建立起自己的信誉。我想，有志于影评的朋友，都应该朝着这个目标而努力。

（2010年7月22日）

图书限折令作废的杞人之忧

昨天,有报道称,闹腾了近 8 个月的"图书八五折限折令"最终宣布废除,"对于经销商来说,意味着可以根据市场自行定价,自由竞争;对于读者来说,意味着可以继续享受网店的低折扣书价,淘到更低廉的图书"。

据说,限折令的被取消,是因为违反了反垄断法,并涉嫌价格垄断,限制竞争。

诚然,作为消费者,我很希望买到便宜的图书,而且越便宜越好。前几天听说，北京竟有两三折，甚至一两折就可以买到新书的地方，兴奋之余也感到有些不可思议。

我甚至怀疑出版行业不是一个正常的行业。一边是作者的稿费在提高，据说已经有了千万稿酬，而且，从纸张、印制，到仓储、运输等各项成本都在增加；一边是销售打折，低价批发。真不知道这个行业，从出版到销售，利润在哪里！一个没有利润的行业，又如何持续运转？这种情况看上去确实让人感到有些荒谬。

前不久，广州的三联书店停业。究其原因，恰恰是"在高租金和低利润的双重打压下，实体书店的生存空间越来越小"。而今年年初，号称"全球最大全品种书店"的北京第三极书局已先于广州三联书店关张。有公开资料显示，在三年多的时间里，第三极书局的亏损接近8000万元。

和第三极书局命运相同的还有席殊书屋。这个全国最大的书店连锁企业，高峰时门店曾遍及30多个省、市的400多个城市，如今，600多家加盟店或已倒闭，或已更换招牌。而名噪一时的明君书店、思考乐书局也已相继出局。来自全国工商联书业商会的数据显示，在过去的 10 年里，有将近 5 成的民营书店倒闭，而倒闭的趋势，目前还在加剧。

我的意思不是说图书打折导致了这些民营书店的倒闭，或者，图书不打折就一定能救这些民营书店于水火。事情哪有这么简单？我只是觉得，出版行业所面临的问题，哪个都比所谓"价格垄断、限制竞争"来得实在。"价格垄断、限制竞争"的行业不是没有，但首先不是出版行业。而出版行业被垄断或受到限制的，当然也并非书价。

其实，图书限折令从发出的那一刻开始，就注定了是短命的。因为，这道令的发布者既不具有立法的权威性，也不具有执法的行动能力，它甚至连在这个行业内部取得共识都很困难，又怎能希望它令行禁止呢？它当然"涉嫌价格垄断、限制竞争"，而事实上，在图书行业，真正可以"价格垄断、限制竞争"的，还是极少数的（或者正在形成）大型资本，它们自由地以低价策略将大批中小书店挤出销售市场，这些中小书店最后只有两条路可走：一是关张，二是只卖更低折扣的盗版书。而这正是20世纪90年代日本书业崩盘前的情景。

（2010年9月2日）

警惕影院里的大片霸权

如果我对你说,现在想到影院看一部自己想看的电影很难,你可能不信。因为,现在的影院和银幕,其增长速度之快是惊人的,也是前所未有的;而且,影片数量及品种的增长也很可观,年产量在四五百部之间。有报道称,仅刚刚过去的暑期档,就安排了50余部影片上映,创历年新高,不能不谓之非常丰富。这种情况之下,你还抱怨看电影难,是不是有点不地道,至少说明你这个人难伺候。

但是我也很冤，因为我确实不止一次经历了为看一部电影跑好几家影院的痛苦。最近一次是暑期为看《喋血孤城》，跑了四五家影院都没看成，说好给一家报纸写影评的，也只得作罢。我一直想不通，影院的放映厅，多至十几个、二十几个，少的也有六七个、七八个，为什么不能给《喋血孤城》这样的影片留下个位置，多放一些时间呢？

影院卖票的小伙子建议我看正在放映的大片，我苦笑一下对他说："这样的影片对我来说已经没有期待。"我说的是实话，凡是独霸影院的大片，哪一部不是尚未开拍就在各路媒体上狂轰滥炸，恶意的、非恶意的炒作、宣传，持续数月甚至一年，等到影片放映时，我的神经都被炒麻木了，哪里还有心情看电影？事实上，很多大片都是因为要写影评，才不得不看的。如果可以自己选择，那么，凡是事先炒得很凶的影片，我都选择不看。

我把我的这种想法说给我儿子听，年轻人不屑地看了我一眼，说，你 out（落伍）了，现在的大片，哪一个不炒作？不炒作你能得到独霸影院的资格？影响影院排片的因素也许很多，但其宣传规模的大小，以及造成的声势和影响力，确是很重要的因素。他以一个内行的口吻告诉我，不管片子如何，只要片方能忽悠，那就多给场次，至于影片拍得好坏，可以放一边。毕竟首周进影院的人，多是被宣传"骗"进去的。就算口碑不好，也不可怕，好多片子都是越骂越有人看。

他说的这一套我不是不知道，我只是觉得，这样做对其他影片也许是不公正的。以今年暑期为例，上映的新片多达50余部，其中就包括我想看的《喋血孤城》。根据报纸公布的数字，2010年暑期档总票房16亿，其中《唐山大地震》6.5亿，《枪王之王》1.3亿，《敢死队》大约2亿，《全城戒备》9000万，合计10.7亿，剩下的5.3亿，分配给其他50部影片，平均一部影片只有500余万。这里面原因也许很复杂，但我们不能不承认，排片的不均衡是造成这种畸形的原因之一。据我了解，《喋血孤城》自8月19日正式上映，21日就被撤下来了；上映期间，很多影院一天也只排一场。悲夫！这样一部寂寞的影片,上映之时悄无声息,落幕之时亦默默撤离,好不凄凉也!

现在是市场经济啊,谁能卖就让谁上,这很正常,当然,也很残酷。可是,又有谁肯照顾一下观众的感受呢?难道我们只能被大片,甚至烂片绑架,看我们并不想看的电影吗?或者,我们只能选择不看电影,这是目前我们摆脱大片霸权的唯一办法。

(2010年9月9日)

反思虽好,也要诚恳才行

这几天,媒体又在宣传郭德纲的复出了。因此,无论如何,郭德纲都必须对一个月来所发生的种种事情有个交代。否则,他很难迈过这道坎。

借"反思"之名可能是最好的办法。

看这几天的报纸,郭德纲的"反思"主要是在两个方面,一个是如何调整内部关系,另一个是如何调整外部关系。就目前郭德纲所言,外部关系主要是指与媒体的关系。郭德纲要让媒体接受他的复出,他不能不给媒体一个交代：当时为何会辱骂记者？

看得出来，郭德纲是个聪明人。他要"反思"骂记者的问题，是因为记者对他还有用处。或者说，是一部分记者对他还有用处，所以，他"反思"的时候只是说，他骂的是一部分不良记者，这些人本就该骂，你认了这个骂，恰恰说明你就是不良记者。他为什么不"反思"一下骂穷人的问题呢？因为穷人他用不着，至少现在还用不着。但他总把"衣食父母"挂在嘴边上，为什么呢？很简单，"衣食父母"是给他送钱的人。由此可见，郭德纲的"反思"其实还是"用人朝前不用人朝后"的，为他所用的记者真得小心他的翻脸不认人。因为他会说，我拿你们当朋友，你们拿我当收视率。后面这个词如果改成"发行量"或"点击率"很容易。

这是郭德纲的"反思"不够诚恳之处。我们再看他对内部关系的"反思"，虽然也有"长大了"的说法，但仔细一看就会发现，其实长进不大。为什么这么说呢？我有两点理由：其一，他对德云社作为文化演出实体的认识，虽然也在慢慢向着公司化、制度化管理转变，也和演员签了合同,但实质上还是师徒关系的管理,离正规的公司管理体制还很有距离,还有很大的改善空间。其二,他和演员,也就是和徒弟的关系,往往还停留在旧式师徒关系的框架里,所以,他才能说出"员工对老板都没办法,孩子对付家长都有办法"这样的话。

相声作为传统艺术、传统文化之一种,它的传承固然更多地依赖于师傅对徒弟直接传帮带的形式,这是可以理解的。但其师徒之间能否建立一种新型的人际关系,却是摆在我们面前的新的课题。我们正处在一个人的自主意识越来越觉醒的年代,旧时师徒关系中的人身依附性在今天这个时代是很难被人接受的,德云社的一些演员选择离开德云社,不能说没有这方面的原因。退一步说,就算我们承认"师徒如父子"的话,在当今之世,父子关系也应该是平等的。孔子说,君君、臣臣、父父、子子,其实是一种平等关系。只是到了荀子,他从这里发展出"三纲",即所谓君为臣纲、父为子纲、夫为妻纲的等级制度,又经汉儒和宋儒的肯定与传播,最终成为两千年来统治中国人的精神枷锁。传统文化是应该发扬光大的,但其中的糟粕,那些腐朽、丑恶的东西,却不能不被我们所抛弃。说到新型的师徒关系或父子关系,我想应该是各尽其责的,父亲要像个父亲,儿子也要像个儿子,要求是双向的,古人云:父慈子孝,以郭德纲的聪明,这一点他不会不懂。

(2010年9月16日)

文学双轨制能走多远？

读这几天的报纸，有一条让码字的人感到欣慰的消息。有报道称，由上海作家协会主管的《收获》《上海文学》等刊物将从今年12月开始大幅度提高稿费标准，最低稿费标准将是原标准的两倍，优秀稿件的稿费有望达到原标准的5倍以上。原标准是多少？按照进入21世纪后涨过的，千字80元至100元。

这个消息马上在文学期刊界引起连锁反应。《人民文学》当即表示，他们的稿费也"一定会跟着上涨"。

《当代》则说得比较委婉，只是说"不会低于《收获》这些文学期刊的先行标准"，但"尊重市场规律和创作规律"。《北京文学》也有所表示，准备"在将来参照'上海标准'做力所能及的提高"。

文学期刊的稿费长期以来一直低价运行，主要原因在于其体制内的身份。它们中的绝大多数隶属各级作家协会或文联，只有很少一部分如《十月》《当代》等隶属某家出版社。所以，它们的经营方式则明显地带有计划经济时代的某些特征或烙印，具体到稿费标准，也只能执行所谓国家标准，略有浮动而已。而国家标准多年未见调整，早已不适应如今的市场行情与消费水平。这种情况不能不让文学期刊的生存和发展陷入窘境，作为经营者，他们未必不知道应该提高稿费标准，但他们确实没有更好的办法。

曾几何时，文学期刊境遇堪忧，几成鸡肋。对于如何处置这部分资源，主管部门亦十分头疼。有些期刊曾一度下水，尝试走商业路线，但鲜有成功者。也有搞双轨制的，企图以商养文，结果还是惨淡经营，维持而已。

其稿费之微薄，仍然无法向那些发行动辄数十万、上百万的大众休闲读物看齐。而且，以专业文学刊物而放低身份去迎合读者的低级趣味，不说刊物本身所承担的文化责任，作为其中的编辑，似乎也是难以接受的。

这样看来，由宣传部门和政府文化主管部门出手，以"文学发展基金"的方式，对文学期刊予以扶植，似乎是目前唯一可行的办法。报道称，《收获》和《上海文学》得到的拨款一年合计200万，《收获》杂志因为有增刊，拨款会略高于《上海文学》。目前已经定下的首期拨款年限为3年，到期后还可以重新批示。如此这般，文学期刊真的成了市场经济汪洋大海中的一座孤岛，其前景依然很令人担忧。

尽管有三年后还可以重新批示的期待，但政府资助到底能维持多久，仍然是个回避不了的问题。就目前而言，无论是宣传部门，还是政府文化主管部门，似乎都不差钱，但是，钱怎么花，以什么方式花，却和政府职能所涉及的范围和权限有关。政府花钱提高文学期刊的稿费标准，码字的人固然欢喜，但这钱应该也是纳税人的钱,与杂志在经营中的赢利毕竟不同,在花这笔钱的时候,政府不能不考虑它的行为是否已经越位。

而且,像《收获》《上海文学》这种号称"四大名旦""四小名旦"的刊物,其本身经营并不差,资助确能使其锦上添花;但它提供了一种模式,会让其他省市群起仿效,这在遍及全国的文化建省、文化建市……的热潮中,很容易被有些人忽悠成政府掏钱的理由。事实上,各地不少文学期刊,只有几千份的发行量,影响亦微乎其微,不是把稿费提高就能起死回生的。

(2010年10月13日)

有劲儿别用错了地方

近来,关于影视剧植入广告合理化的呼声很高。作为观众,花钱消费广告似乎已经成为应尽的义务。想骂尽管骂,一点儿不影响电影商人将大把的真金白银往口袋里装。拍什么和怎么拍的权力在我手里,观众又奈我何!

要说中影集团真不愧是中国电影界的老大,想弟兄们所想,急弟兄们所急,就在大家都为植入广告所带来的经济效益眼热心跳之际,作为老大的中影集团,突发奇想，及时推出了一套"影视剧植入广告分析系统"。据说，研发这套系统用了两年多的时间，耗资数百万元，但其效果之神奇，又非区区数百万元之等价物。研发者称，他们借鉴了好莱坞著名电影广告代理商NMA（Norm Marshall Associates，诺曼·马歇尔娱乐营销公司）的经验。该公司成立于1979年，30多年来，他们使用类似的系统，共完成16.4万个植入式广告，涉及5900部影片。每年会为超过100部的影片设计产品植入，覆盖面超过100亿人，产生的媒体价值达到66亿美元。

这个数字颇能刺激电影商人的想象力。有人算了一笔账，去年，中国电影票房攀上了62.1亿元的高峰，而植入广告收入只有1.1亿元，仅占票房收入的1.77%，这比欧美发达国家普遍在13%左右的比例低了很多。他们由此看到了其中所蕴含的巨大生长空间。在他们眼里，将要填满这个空间的，只能是熠熠生辉的真金白银。他们兴高采烈地宣称，以徐静蕾的《杜拉拉升职记》为例，如果采用这套系统，还会发现更多可以植入广告的地方。比如一个沙滩晒太阳的场景，泳衣、饮料等都可以成为植入广告的对象。剧本有可能不会写到沙滩上应有的更衣室，而这更衣室上也可能有广告的出现。

这样说来，电影的任何一个画面都可以植入广告了。剧本里没有的，如果广告有植入的要求，还可以改写剧本。我不知道这是否还可以称为电影，说它是广告集锦也许更贴切一点。但是，有多少观众肯自掏腰包去看广告呢？这不仅不公正而且也不现实。不知电影商人们是怎么想的，是不是你们拿出什么样的产品，观众都会兴高采烈地去消费？莫非把观众都当成傻瓜了吗？不错，这几年电影票房增长得很快，甚至可以说，增长得非常快，搞得电影商人们有些忘乎所以，利令智昏。殊不知，没有观众的宽容和宽厚，又岂能有电影界今天的成就！所以说，电影商人们应该好自为之，珍惜今天这个来之不易的大好局面，把电影拍好才是正道，千万不要做杀鸡取卵、竭泽而渔的事。

现在拍电影想完全拒绝植入广告似乎是不可能的。

有一种理论声称，如果植入得很巧妙，就不会破坏电影叙事和视觉风格的完整性。姑且相信这种说法，但我们实在很少看到有植入得很巧妙的情节。有一次看电视，崔永元问张艺谋对植入广告怎么看，张艺谋说："我自己不会用植入广告，因为不想在拍电影时受到限制。我们都知道，你就是做得再巧妙，广告商也是有要求的，他和你签合同，他给你钱，他一定要限定你，有几个镜头，大家要商量，要特写，几秒钟，在主要演员身上，还是在次要演员身上，没有白给你钱的，我自己会觉得受干扰，所以我自己是不喜欢的。"张艺谋的这番话说得很好，所谓不影响艺术表达，多半是自欺欺人。影响是必然的，只是程度不同而已。在无可奈何之中，我只能希望植入广告能尽可能少一点，越少越好。

（2010 年 10 月 21 日）

以泪洗面何时洗出戏曲尊严

报载,河南省豫剧二团团长、省文联副主席、剧协主席、一级演员李树建因一句"以泪洗面"走红网络,被封为"洗面帝"。

据称,当日有4家企业向河南文化教育事业捐助2亿元,在捐助仪式上,李树建说了这番话:"卢书记到河南之后,我们河南文化界的春天就到了。我们每天激动万分,以泪洗面。"

这样的话本可以不必当真。我相信,李团长当时脸上并没有挂着泪水,所谓谁来擦去剧团团长脸上的泪水,就有点儿无的放矢。而且,李团长不是没有见过世面的人,说他见了领导很激动,不难理解;但激动得说昏话,说胡话,不知得激动到什么程度。多亏李团长没有心脏病,否则的话,真得好自为之。

李团长回应时说,他做了22年的团长,以前的工资水平很低,六七年前,团里全年人均工资才五千多元,作为团长,经常像个乞丐一样出去找企业拉赞助。李团长的这句话我们也不必太当真,就像他说"坚持打造精品百年不动摇"一样,你能当真吗?谁又能管得了身后百年之事呢?实际上,另有报道指出,河南省豫剧二团改编排演李团长主演的大型古装豫剧《程婴救孤》,自2001年上演以来,先后在国内外演出800多场,仅凭这一部戏就为剧团带来1500多万元的收益。

李团长应该不差钱,至少还没差到见点儿钱就激动得"泪流满面"的地步,说他有"面诀"之嫌,一点也不为过。然而,就戏曲的生存现状与其前景言之,却不能不令人担忧。其原因相当复杂,非一篇短文所能尽述,只说其中很重要的,且与此事相关的一点,即剧团靠什么生存和发展,并获得应有的尊严。外部输血绝非正途。输血或能苟且于一时,却很难长久。要长久,必须自己能造血,也就是开拓市场,从市场中求生存,求发展,求尊严。说到底,还是个为什么人的问题,为社会大众服务,为广大农民服务,还是为政府服务,为少数人服务?为前者,自然是广阔天地,大有作为;为后者,搞一些评奖剧、调演剧、政绩剧之类,路就会越走越窄,到那时,你就是天天"以泪洗面"也未必能洗出戏曲的尊严来。

(2010年10月28日)

范曾切莫弄巧成拙

有消息称,著名画家范曾以名誉权受到严重侵害为由,将一位名叫郭庆祥的人告上法庭,要求赔偿精神损失费500万元,昌平法院近日将审理这起案件。

郭庆祥也非无名之辈。在收藏界,他的名字也叫得很响,是个响当当的人物。我看了范曾指控他侵害其名誉权的几篇文章,以及相关的一些访谈,谈到当前书画界、收藏界的一些问题,并没有提到范曾的名字,不知范曾根据什么认定这里说的就是他,非要出来打这个官司不可。是他说的和自己太像了吗？莫名其妙！

郭庆祥是否侵害了范曾的名誉权，自然有法律说了算，用不着我辈来多嘴。我想说的仅仅是，即使真如范曾所认定的，郭庆祥的那一番话是针对范曾的，那么，他没有权利这么说吗？或者，他这么说，有什么不对吗？

根据起诉书，我们看到，被告让原告感到自己的名誉权受到严重侵害的那番话是这么说的："现在有一位经常在电视、报纸上大谈哲学国学、古典文学、书画艺术的所谓的大红大紫的书画名家，其实也有过度包装之嫌。这位名家其实才能平平，他的中国画人物画，不过是'连环画的放大'。他画来画去的老子、屈原、谢灵运、苏东坡、钟馗、李时珍等几个古人，都有如复印式的东西。人物造型大同小异。他的人物画虽然是写实的，但其中不少连人体比例、结构都有毛病。他的书法是'有书无法，不足为式'，装腔作势，颇为俗气。他的诗不但韵律平仄有毛病，而且在内容上，不少是为了自我吹嘘而故作姿态，不足挂齿。"

这番话说得很好啊！切中时弊，即使把"有一位"直接换成"范曾"，我看也没有什么。我是有幸瞻仰过范曾先生画作的，确如郭庆祥先生所言，难怪范曾坚持郭庆祥说的就是他。事实上，就书画界这种不良现象和风气而言，范曾不仅是个代表人物，而且是难辞其咎的。我记得，早在范曾先生去国之前，社会上已经有了这种针对范曾及其画作的批评，范曾先生如果并不健忘的话，应该也还记得。

当然，艺术总是见仁见智的，对艺术家常常也是这样。喜欢的，难免捧上天，不喜欢的，或许就贬入地。这没有什么值得大惊小怪的，以范曾先生的见多识广，似乎也不必往心里去。有权有势的，可以喜欢你的画，夸你的画好；无权无势的，如我辈，也可以讨厌你的画，说你的画不好。不能听到表扬就笑，听到批评就闹，别人说几句不中听的话，就闹到法院去，反倒弄巧成拙了。

（2010年11月4日）

有容乃大

这几天看冯小刚在微博上表演,忍不住也有几句话想说。

冯小刚好像非常在意这个金马奖,这几天一直在为此愤愤不平,以我这个非内行人的看法,就他的表演而言,说"感情表达过显猛烈",也不为过。而我所不能理解的是,不就是一个奖吗?它对冯小刚或者徐帆真那么重要吗?有人猜测他为了新片,为了股票,为了公司的利益,总之是电影之外的东西,项庄舞剑,意在沛公,也不能说没有道理。

冯小刚是有自卑感的，当然，这又是我这个非内行人的一管之见，但他的电影一直不被电影界认可，也是事实，至今恐怕还有人认为他的电影是电视加小品。这在冯小刚的心里已经郁结为一段心事。但是，风水轮流转，现在转到票房为王了，冯小刚终于可以扬眉吐气了。"电影的好坏是没有标准的，完全可以各执一词，唯一可以被量化的标准就是票房。"当冯小刚这样振振有词的时候，你能想象他得意的样子。

固然，任何事物都有不止一种评判标准，包括电影这种商品在内。以冯小刚的聪明和内行，未必不了解这一点。所以，票房是一种评判，评奖是另一种评判，二者有时也许会达成一致的意见，有时也许就南辕北辙，这是很正常的。既然可以兴高采烈地接受票房的评判，为什么不能心平气和地接受评奖的评判呢？如果此时冯小刚能伸出手来向获奖的吕丽萍表示祝贺，你想，他将获得什么？不是一清二楚吗？这可不是装孙子，这是一个人可以达到的精神高度，是一个人内在品质与素养的自然流露，装孙子可以蒙蔽公众一时，但不能长久。有一个对子说，"大肚能容容天下难容之事；开口便笑笑世间可笑之人"。这被笑的可笑之人，其实是把装孙子的和不装孙子的都一网打尽了。

冯小刚现在是大导演了，这个大，首先应该是胸怀大，气度大。记得从前冯导批评葛优，以为葛大爷心眼太小，什么事都要掂量再三，做或不做，说或不说，都显得过于小心谨慎，如履薄冰。这只是一种人生态度，其实，葛大爷对人对事倒未必这样斤斤计较。冯小刚倒是快人快语，有话就说，绝不委屈自己，却又显得小了，与其导演之大，有些不般配。这个小倒不是说他心眼小，而是觉得其内心世界的缝隙太小了，被6.6亿的票房塞得满满的，连透气的空隙都没有了，真让人替他担忧。当然，有可能是"咸吃萝卜淡操心"啊！

徐帆是应该安慰的，这事最好交给外人来做。冯导如果也想有所表示，最好不要选择在公众场合。至于理由，冯导是内行，就不用我这个非内行多嘴了。不知冯导以为然否。

（2010年11月25日）

微博给我们带来了什么？

微博是刚刚兴起的一种新媒体，人们亲切地称它为"围脖"。它既是我们生活中的一种点缀或装饰，也能使我们得到温暖和感动，当然，它也给人带来了烦恼、不安，甚至痛苦。说到底，全看你是如何对待"围脖"的。诚所谓，善有善报，恶有恶报，不是不报，时候未到。

这样说来，微博这个东西，也是通灵性的。前些日子冯小刚在微博上发飙，为徐帆无缘金马奖而恶语伤人，让人心寒，也让微博心寒，自己也未必就痛快，虽然他一再声称，不能委屈了自己。殊不知，你委屈了别人，就是委屈了自己。

微博上有许多名人、明星，都想显示自己与别人的不同，以吸引公众的眼球。这是很容易理解的，但也不是没有风险。郝蕾就因为大骂河南人而招致"围攻"，最终只有逃离这块是非之地了事。伶牙俐齿的周立波可谓强横，指东骂西，上蹿下跳，好一番表演，但又怎么样呢？结果也是自己卷包走人，溜之乎也。

前几天在微博上有人说到玩得起，玩不起。何谓玩得起，玩不起？我想还是古人说得好：己所不欲，勿施于人。也就是说，在微博上，说话做事，既要考虑自己的感受，也要考虑别人的感受。现在张扬自我很时髦，很容易得到认同或追捧，但我却想提醒各位，对自我还是要有所警惕，别让自我变成了自恋。微博是很容易把人引上这条道的。

希腊神话中著名的美丽少年那喀索斯，被自己的美貌深深地打动了，竟把泉水中自己的倩影误认为仙女而投入水中，最后淹死在那里。仙女们赶来为他送葬，却只在水中找到了一朵水仙花。于是，那喀索斯不仅成了水仙花的代名词，也成了那种过度自我欣赏而不能自拔的人的代名词。有时候，微博就像是希腊神话中那一泓清水，是很诱人的，但我不希望有谁步那喀索斯的后尘。

其实，微博更多的还是一个公共平台，是公众表达自己意愿的地方。《人民日报》12月1日有篇文章说得很好："网络民意是现实民意在网络上的延伸，对于推动中国公民政治参与、完善政府公共管理、促进民主政治进步具有积极意义。"这才是微博之"大"，是微博发挥其威力的地方。此前看到赵本山在微博上向博友求助，征集大家对春晚小品的创意，向博友要好点子，就感觉本山大叔是善玩微博的。在微博中找不着北的明星，不妨学一学本山大叔的智慧和精明。就怕有人说，智慧和精明是学不来的。

（2010年12月2日）

警惕当代历史书写的山寨化

近来,家里人一直在看《金婚风雨情》,我也断断续续看了一部分。关于这部电视剧的争论,见于今日报纸的也不少,有观众的反应,也有主创者的回应,焦点似乎集中于"风雨"而非"金婚",说明当代历史书写的问题已经引起了大家的严重关切。

当代历史书写有多种方式,影视剧是非常重要的方式之一。而且,由于影视剧具有传播面广、形象直观、通俗易懂、怡情于人等特点,就对于人的影响而言,目前,鲜有能超过影视剧的。《金婚风雨情》的编剧王宛平先生在报上有一问,我觉得他问得很好,他说:"你究竟为谁创作?为你自己,为那些少数精英、知识分子,还是为最广大观众?"但他对于这个问题的回答则更有意思,他说:"我想对那些批评《金婚风雨情》年代感弱的人说,如果您是普通观众,您不用想在影视剧中寻找历史真实,您还是远离电视剧,去看历史书或者纪录片。"

王先生为普通观众想得很周到,这是很让人感动的,但是,王先生百密而有一疏,恰恰忘了中国的普通观众,是被大量的现实主义叙事或书写培养、训练出来的。在很长的历史时期内,在中国,现实主义的意义远远大于创作风格和创作方法。所以,普通观众在观看影视剧时,也难免动用自己的经历、经验和人生感悟,他们希望看到真实、真切,乃至真诚的表达,这和是不是"少数精英、知识分子"关系不大。不能因为不是"少数精英、知识分子",就连"寻找历史真实"这样一点微薄的愿望也被剥夺了,说得难听一点,岂不就是"你不配"!

人们似乎有一个误解，以为影视剧属于娱乐的范畴，不必拿"历史真实"要求它，更不必太过较真儿。这么说也许不无道理，因为影像叙事确有虚构的、想象的成分在，而且是可以在叙事中将历史虚化或弱化为故事背景的。尽管如此，却不等于影视剧没有参与对当代历史的重构。尽管你主观上也许不想和"历史真实"发生关系，但客观上你的创作已经作为对当代历史的一种叙述而立此存照。

何况，《金婚风雨情》并非一部完全不讲"年代感"的作品，事实上，许多家庭伦理剧都选择了走这条路线，即以某种"年代感"包装一个浪漫、传奇的爱情或亲情故事。既然如此，"年代感"就不是可有可无的，或可强可弱的。又想讲又不真讲，又有"年代"又不可感，这种情形很可能会给观众的历史认知造成混乱，其危害甚至比香港某些影视剧以游戏心态或无厘头的方式处理"年代"还要大。前些日子看《山楂树之恋》，也有这种感觉。很显然，这是拿假的当真的卖了。

（2010 年 12 月 9 日）

图书价格战伤害了谁?

第三极与中关村图书大厦的价格战平息未久,京东商城与当当的价格战再起硝烟。这一次是把战火烧到了互联网上,就在当当网美股上市的当天,京东商城CEO刘强东在微博上亲自发起降价促销,甚至说了"直至价格降到零"的狠话,直接挑战传统图书B2C网站当当网和卓越亚马逊两巨头。

虽然当当网CEO李国庆曾经对外表示,"对一切进行价格战的竞争者都会采取报复性的还击",但当当至今并未公开宣布降价措施,其主页所悬挂的促销广告,也只是配合当当上市所做的让利活动,似乎与此次京东价格战无关。而另一竞争对手卓越亚马逊却由于按捺不住宣布开始降价。

作为消费者,我们当然高兴看到降价的消息,在物价指数一路飘红的时候,以精神文化自我标榜的图书却高调贱卖,倒也是当下颇为奇特的一道风景,只是看上去很像海市蜃楼,不那么实在。而昨天(15日)下午刘强东突然宣布单方面"停火",停止直接降价措施,使得此前的一切看上去更像是一场表演秀,赚取观众的眼球而已。我今天试着造访了京东商城,看能否淘几本便宜货,但失望而归,很多畅销书都处在售罄状态,或根本没有这本书的信息。

或许真如刘强东所言,他这么做也是出于不得已,"国庆(当当CEO)对我们封杀得太狠!几乎无法公平竞争",所以他举起了"价格"这个杀手锏,甚至威胁"降到零",这种非理性的竞争策略,事实上很难得到出版商的同情与支持,如果将他们逼上绝路的话,搞不好甚至会遭到他们的联合抵制。竞争对一个行业的健康发展来说当然是必要的，消费者在行业的竞争中总是获益者。但就图书销售行业而言，单纯的价格之争貌似简便有效，也能使消费者暂时获利，但从长远来看，由于严重地削弱、打击了图书出版业，销售行业也就丧失了发展的可持续性，受伤害的最终还是读者。到那时，我们想找一本可看的书，就更难了。

图书出版不是房地产，价格竞争挤出来的也非水分，而是其体内的鲜血。就目前已经呈现贫血症状的出版业来说，如果继续失血的话，恐怕不是好消息。它提醒出版业同仁，在这种恶劣的生存环境中，也许有必要实现真正意义上的行业联盟，以保护自身的发展。竞争当然很好，但在看到眼前利益的同时，也应兼顾长远利益，这样做对读者即消费者才是一种负责任的态度，毕竟，谁也不想看到竞争之后的两败俱伤。

（2010 年 12 月 16 日）

道歉应在痛定思痛之后

这几天,媒体都在说崔永元向朱军道歉一事,煞有介事,煞是热闹,恰好被《艺术人生》用来推广自己的新节目。当时我就在现场,说老实话,并没觉得此"躬"鞠得如何令人感动,看上去倒像是整个节目预先设置的一个环节,小崔的道歉和朱军的感谢,其实是在完成规定动作。

这么说也许有点不够厚道,但它确实没有解开我心中的疑团。我不知道崔永元道歉的理由,是他觉得那样批评朱军不应该,还是朱军根本没说那句话。如果朱军说了那句话,那么,崔永元道歉的理由又在哪里呢?

所以,我倒希望能这样来理解,崔永元与朱军是要借助电视媒体,现身说法,来提倡一种精神,传达一个理念,也就是这期节目反复表达的一个词汇:温暖。道歉使人离得更近了一点,温暖也就多了一点。

温暖是人的需要,道歉也是人的需要。不仅受到伤害的人需要道歉,给别人带来伤害的人,同样需要道歉。从心理层面研究道歉的拉瑞尔指出:"道歉,扮演着疗愈人心的作用。"人非完人,孰能无过?一个人如果做了错事,说了错话,那么,最聪明的做法便是尽快主动道歉,求得别人的宽恕和谅解。这样做,对受害人是个安慰,同时也就安顿了自己的良心。

有人把道歉看作是一件很不容易的事,确实,道歉是需要勇气的,即使崔永元向朱军鞠的那一躬,也需要一定的内心支撑。所以孔子说:"过而能改,善莫大焉。"又说:"知耻近乎勇。"但是也要看到,道歉同样能在人格上给人加分,更能赢得别人的敬重。郭德纲能在网上公开道歉,反思自己"太膨胀",其实已经尝到了道歉的甜头。

或许这正是当下许多人选择道歉的原因。我们看到的便有陈宝国为拍戏不慎失手打翻冯远征而道歉;复旦大学学生为"丢失了对生命的敬意"而道歉;当年的红卫兵也向曾经受到迫害的老师、校长和幼儿园女工鞠躬谢罪。美国《时代》周刊近日甚至评选出2010年度十大道歉事件,其中不乏英国首相、美国总统对在公共事件中受到伤害的平民致以歉意。

但是,要知道,最有分量的道歉不是退一步海阔天空,不是危机公关,更不是针对社会舆论的一种行为策略,而是见证良知的勇敢,看你有没有正视自己过失的勇气。真正意义上的道歉,是须臾也离不开自觉自愿的。也就是说,一个人,只有在痛定思痛之后,在真正认识到自己做错了的时候,才有可能道歉。事实上,心灵的步履能走多远,人的歉意也就走多远。

(2010年12月22日)

保护好我们的每一张脸

有消息说,山西作家胡正于本月17日去世,他的遗体告别仪式将于今天(21日)上午在山西太原举行。至此,山药蛋派的五位代表性人物马烽、西戎、李束为、孙谦、胡正均已辞世,一个重要的文学流派也因此寿终正寝。

忽然提起山药蛋派,感觉这个词来自很遥远的地方,好像与我们并不相关。但在若干年前,他们却是我们生活中的一部分,是一种独立的存在。自20世纪50年代以来，他们以其丰沛的创作，给我们以文学的、审美的滋养，使我们领略到一种不同于其他的生活的质感。

遗憾的是，这些独特的文学存在正不可阻挡地离我们远去。前几天还有朋友在微博上提到荷花淀派的孙犁，提到沈从文的湘西风情写作，其实，沈从文还是20世纪30年代重要的京派作家。他们的文字都彰显出自身的风格、个性，这种可贵的、带有个人标记的写作风格，在当今以几何级数增长的写作群体中几乎是凤毛麟角。

我闭上眼睛一想，我们的文学生态也曾是枝繁叶茂、千姿百态的。除了上面提到的山药蛋派、荷花淀派、京派，当然还有海派，他们的作品都有其鲜明的风格烙印。冀东作家与胶东作家不同，山西作家与陕西作家不同，岭南作家与巴蜀作家不同，江浙作家与湖湘作家不同，何况还有新疆、内蒙古、宁夏地区作家的写作，等等，他们的文字中都散发出各自脚下泥土的气味。一方水土养一方人，一方水土也养育了一方作家。

随着老一代作家的相继辞世，这样的文学景观也就日渐凋零了。文学生态变得简单化和单一化，茂盛也许仍然茂盛，但没有了多姿多彩和驳杂，看上去很像是经过人工整修的植物园。流行写作、类型写作、商业写作就像一把把锋利的手术刀，作家们的脸几乎变成了同一个模样，有点儿类似于整容后的韩国明星，或者当今被茁壮成长的水泥建筑疯狂吞噬后的中国城市。

不能说以往的文学写作没有问题，也不能说当今的文学写作一片狼藉，但在销量和码洋的引领下，文学写作的个性面孔显然已特别地稀有和罕见。很多作家屈从于市场的诱惑和淫威，正在把自己"修剪"成畅销的模样，以求获得市场的赞美。殊不知，这样单调的文学快餐不仅败坏了读者的口味，反过来，败坏了口味的读者又以需求为理由，强迫更多的作家就范。这真是一个很恐怖的循环，而更加恐怖的是，当所有作家都被装进冰冷的水泥建筑之后，你还让他到哪里去找只属于他自己的泥土的气味！恐怕他也只能戴着统一定制的面具写作了。

（2011年1月21日）

夸姜文不能这样夸

我喜欢上网浏览,因网上时有奇文可供欣赏。昨日就见到一篇,作者欲赞美姜文的《让子弹飞》,居然说他"开中国'公民意识电影'之先河",又说他"打响了中国电影以公民意识公民视角公民话语言说的第一枪"。

自《让子弹飞》上映以来,赞美这部影片的文章何止万千,但像这么雷人的文章,我还是第一次看到,颇有些吃惊,亦觉得不知所云。

所谓奇文共欣赏,疑义相与析,我也就忍不住想说几句。不过我想,我们先不必讨论什么是"公民意识电影"了,有没有这种电影,怕是还两说呢。各位看过这部影片的不妨回味一下,姜文所表达的,究竟是公民意识呢,还是江湖意识呢?我以为是后者多一点。

当然,《让子弹飞》是一部很不错的电影,给我的感觉是姜文的想象力在飞,如庄子所言,"野马也,尘埃也,生物之以息相吹也",这很难得。所以,作者说:"姜文回归了电影艺术的基本面,恢复了电影人以电影语言说话讲故事的语法规则。"这个评价应该是恰如其分的,而且,就电影意识而言,姜文的确超过了几位名声赫赫的大片导演而独领风骚。但其影片总体上还是一部江湖气很重的作品,所表现的精神内涵也未超出"游民"或"痞子"的范畴,由此可以窥见姜文的精神底色,这一点,似乎也不必为姜文讳言。北京电影学院教授崔卫平指出:"'一个人唱红打黑'的姜文,无意中勾出了社会的潜意识,但是与公民框架相去甚远。"此言甚妙。

这正是目前我们对姜文尚不能抱以希望之处。就像有人希望中国电影有思想，又担心投资商不肯花钱为电影买思想一样，如果电影不肯思想，你就是花再多的钱，也为电影买不来思想。谈到姜文，道理是一样的，如果他还没有觉悟到以公民意识反思其江湖意识、游民意识、痞子意识，你就是把他的电影命名为"公民意识电影"，也是瞎掰。

总有人好作耸人听闻之语，以博取读者的关注，很想问问黄集伟老师，这是否也是当下民间语文的一种什么"范儿"，或者就叫"表演范儿"？他们往往喜欢生造一些新词，故意把话说得很极端，给人感觉还是"无实事求是之意，有哗众取宠之心"。这不能说是一种负责任的态度，不仅对姜文不负责，对自己也不负责。说到底，无论说话还是做人，还是老实一点的好。

（2011年1月26日）

哪里才是草根明星的舞台

旭日阳刚自从登上春晚舞台之后，一直麻烦不断，质疑不断，争议不断。旁观者一时也很难判断其真伪是非。其实是公说公有理，婆说婆有理，个中甘苦，怕也是难为外人道也。

草根明星，民工歌手，忽然登堂入室，从街头工地唱到春晚舞台，既是一份无上的荣耀，也是一种巨大的利益，真可谓名利双收。他们苦苦奋斗了这么多年，终于有了这样一份报答，算得上是修成正果了。

固然，这也只是为旭日阳刚眼前计，而非为其长远计。放眼望去，如果作为草根明星的旭日阳刚也像很多被电视一夜捧红的明星歌手一样，走一条春晚出名，疯狂炒作，商业包装，签约商演的老路，怕是没有前途的。

何以这样说呢？诸位不妨想一想，旭日阳刚之所以受到底层社会众多草根的追捧和力挺，无非他们唱出了大家的心声，大家从他们的歌声中感受到一种强烈的共鸣，让大家激动不已。他们也许不够专业，缺少必要的灵活性和各种训练，演唱的时候还可能"破音"或出一点瑕疵，但他们也真实、真切、真诚，阳光灿烂。我不怀疑我们的专业训练能力，能把旭日阳刚训练成合格的歌手，但我担心他们因此而失去真性情、真情感。我担心有一天大家再听旭日阳刚，会发现他们已经不是我们心里的旭日阳刚了。

我们当然不希望出现这种悲剧性的结果。但实际上，旭日阳刚在今年春晚舞台上的演唱，已经出现了"变味儿"的迹象，这实在是比"破音"更令人伤心的一件事。有一位朋友说得非常好,他说:把春晚舞台永远留给那些"灵魂已经被戏子化"了的人吧!让西单女孩回到嘈杂的地下通道,让旭日阳刚回到工棚,让民工街舞团回到僻街野巷,那里才是他们生命的道场!唯有在那里,他们才能焕发艺术与人性的光辉。

这其实代表了另一种价值判断。有人会说,春晚舞台,为什么专业演员、名家名人上得而民工草根就上不得?这不公平。这是因为你在心里已经把春晚舞台和街道工棚分出了高低。这么说,对旭日阳刚更不公平。说到底,春晚舞台最终给人带来的只是欲望和名利,它和一个民间歌手把歌声留在民众心里的分量相比,实在是太轻了,轻得如过眼浮云。草根离不开土地,离开了,就会枯萎;草根明星也离不开民间的土壤,一旦离开,也将导致衰败和萎靡。爱他们,就把他们留在民间的沃土里吧。

(2011年2月17日)

卖版面不是学术期刊的生存之道

据昨日新华社电,新闻出版总署依据相关规定近日对严重违规的《中国包装科技博览》等 6 种期刊予以停业整顿、警告等行政处罚,对《管理观察》等 2 种期刊予以通报批评,同时责令其立即纠正违规行为,并将针对社会反响强烈的部分学术期刊"靠收取版面费谋利"以及"论文买卖产业化"等问题,采取措施进行整治。

学术期刊卖版面早已不是什么秘密,社会上甚至形成了一条互为依存的"生物链"。你买我卖,各得其所,不排除还有个别人竟以此谋利,发这种不义之财。这种现象给中国学术的建设、发展造成了严重危害,长此以往,不仅败坏了学术期刊的声誉,也使读者丧失了对学术的尊重和信任。说起来,我们的学术不是太强大,而是太薄弱了,是真正的弱势群体,谁都没有理由再伤害它。

中国的学术期刊究竟有多少,我不知道,但它们主要集中在大学、研究机构和一些政府部门,应该不会有错。按说,它们所承担的任务,就是发表真正有质量、有水平,对学术有创建、有贡献的论文,这也是任何一本学术期刊的立刊之本,相信没有办刊人不认同这一点。但是,为什么有很多人明知这件事不该做,却宁肯冒一定的风险,也要做这种有辱斯文的事呢?

日前碰到一位朋友,是一家大学学报的主编,说起卖版面的事,我问他是不是也不能免俗,他一脸苦笑地说,虽然也卖,还不算多。据他讲,之所以如此,是因为学校还在为刊物提供必要的办刊经费,还不至于为了些"散碎银子"而自贬身价,屈尊折腰,这也是该刊还能坚持其学术理念和品格的重要原因。

说到底,学术期刊卖版面,主要是两方面的原因:其一是社会上有需求,有些人可能没有什么学术思想或见解,但为了评职称,评教授,不得不花钱买版面,发表所谓论文;其二是办刊经费捉襟见肘,只好卖版面以补经费之不足。这样来看,这就不仅仅是办刊人的水平问题或道德修养问题,还有体制或制度安排的问题。有这样一种倾向,以为文化都要市场化或产业化,殊不知,市场不是万能的,把学术期刊推向市场,不仅救不了它,反而把它逼上了一条绝路。就有限的学术资源而言,我们不希望哪一本学术期刊"自生自灭"。

学术期刊的乱象应该加以整治,把那些害群之马驱赶出学术圣地,还真正的学术期刊一片净土,则功莫大焉。但是,要想奏效,就不能采取扬汤止沸的办法,而应该采取釜底抽薪的办法,从根儿上为学术期刊的生存与发展创造好必要条件。又要马儿跑,又要马儿不吃草，甚至，让马儿自己找草吃，恐怕都不是办法，也没有这样的便宜事。

（2011 年 2 月 24 日）

百度的傲慢说明了什么？

近日，又有50位知名作家和出版人联名发布了《三一五中国作家讨百度书》，这是继去年11月12日22位网络作家发表联合声明，声讨百度文库侵权后，中国作家再次集体讨伐百度这个"窃贼公司"，以维护自身的合法权益。但时至今日，百度仍保持沉默，不肯做任何回应。

难道真是撼山易，撼百度难吗？在百度傲慢的背后，我们能看到些什么呢？

首先是法律的乏力。固然，我们是一个法治国家，已经形成了中国特色社会主义法律体系。但是，当我们准备运用这个法律维护自身合法权益的时候，就会发现，事情远没有我们想的那么简单。作家们无不认定百度侵权，却未见有人挺身而出，真和百度打一场官司。为什么？不是作家们胆怯，而是我们的法治环境让他们感到无奈，就像有些作家所表示的："真是没有办法，个人的力量太渺小了。"

打官司成本很高是显而易见的，不只是钱的问题，还有时间和精力。所以说，不是打不起，而是耗不起。作家手里拿着《中华人民共和国著作权法》，那又怎么样呢？百度不是照样可以告诉黎波，"那你们打官司吧"。意思就是说，爷不怕打官司，爷在这儿接着你呢。

百度的有恃无恐倒未必因为李彦宏有钱，可以收买法律。法律的模棱两可、似是而非已经成为侵权者的保护网。《中华人民共和国著作权法》漏洞百出，解释的空间很大，完全不适应新形势下保护知识产权的要求，是作家和出版业的普遍共识，修改、完善这个法律的呼声近年来一直很高。在目前这种情形下,侵权者的嚣张,主要就是钻了这个空子。既然公说公有理,婆说婆有理,那么,任何一场普通的官司,都可能变成马拉松式的维权诉讼。这才是最让作家们感到恐怖的,所以才有"成本太高"的感叹。

其次,还有一个让百度感到腰杆儿很硬的,恐怕就是从免费共享中获得许多便利的网民。我在网上浏览了一下,看到很多支持、力挺百度的留言,所持理由不外乎"穷人也要阅读"云云。这句话固然没有错,就像"穷人也要吃饭""穷人也要住房"一样,但解决的途径应该是正当的,不能采取"抢劫"的办法。

有一种说法非常有趣,据说网上免费阅读有一个好处,通过阅读可以了解一本书的好坏,如果写得好,自然会买纸质图书收藏。持这种看法的人还有一个冠冕堂皇的理由,即认为当下的新书宣传,往往把一本书夸得天花乱坠,看过才知道,没有说的那么好,甚至非常不好。我想,即便如此,百度也是难辞其咎的。不管你拿来做什么用,毕竟,你在"拿"的时候没有经过主人的允许,甚至没有告知主人。至于说买书前先要判断一下书的好坏,这在所有书店都已开架售书的今天,根本不是问题。

(2011 年 3 月 17 日)

做人要做崔永元

这几天一直在看"两会"报道,有关崔永元的报道看上去显得十分突出。崔永元是所谓的明星委员,关注度高一点本不足为怪,但也并不尽然。实际上,小崔的被关注,往往不是因为他的明星身份,而是他的直言快语,真诚无私,敢说真话。

比如他说,我非常想知道,中国需要多少套保障房?一直没有总量的数据。每年保障房的数量都在增加,但大家永远也不满意。这是为什么?我觉得没有总量的描述，只说每年建了多少，但永远不知道这是多还是少，是快还是慢。

他又说，洛杉矶的油价比中国还便宜两块钱。我就想了，中石油、中石化这是怎么回事啊？能不能换我当老总？试半年，不行我再还给你。

他还说，崔永元一个月挣3万块，你征他的税，也许是合适的。但一个煤矿工人，挣了8000块钱，就不应该收税。他那个是在玩命啊。他进去就不一定能出来，我进演播室就一定能出来。

他说过的话还有很多，我这里不便一一引述，有人编了"小崔上会语录"，有兴趣的人可以查阅。我们看小崔的这些话，个性十分突出，但是不卖弄，不招摇，不故作精英状，亦不搔首弄姿，给人一种朴素、实在、大方、诚实的感觉，有时还带一点幽默。

作为一个政协委员，小崔让我们看到了他的负责任的态度。他有一句话说得非常好："来这里不是享受荣誉的，是来承担责任的。"什么责任呢？简而言之，就是参政议政。尤其是明星委员，把自己当花瓶，当摆设的，不是没有，但小崔不是，他是认真的，他的话都是经过深思熟虑的，做过充分准备的。今年他没有递交提案，不是不想递交，是因为有些情况还不清楚，还要继续调研。他说："提案是委员参政议政的直接工具，不能随便用来炒作，那就有损了参政议政的这份尊严。"

这是崔永元这个人最富有魅力的地方。他不唯上，不媚下，不自我，所坚持的只有这一点：求真务实。正因为有了这四个字，他才能在意识到自己说错话的时候，马上诚恳地向公众道歉，而并不担忧自己的面子或虚荣心是否受到伤害。这也许就是人们常说的真人、赤子吧。他的这个真，不仅是真实、真诚，还有他的认真、较真儿，不仅跟别人较真儿，也跟自己较真儿。在乡愿颇为盛行的社会环境下，能较真儿，就是一种可贵的品质。

"两会"是个什么地方？说话的地方，议论风声、众声喧哗，既是"两会"特有的风景，也是宪法赋予每个代表、委员的责任和义务。在这里，说固然很重要，但说实话，说真话，就更为重要。民主社会承担着培养公民民主意识，学习参政议政的责任，而"两会"恰恰为民众提供了最为直接的学习机会。这样说来，代表、委员的发言就不仅仅是一种意见表达，而且还是在全国人民面前的一种示范，它的意义太重大了，而崔永元也就显得更为难得和稀有，只有一个就觉得少了点儿。

（2011 年 3 月 10 日）

央视考评，尚缺"第三只眼"

有报道称，央视将于近期出台新的综合评价考核指标，其中除收视率外，还将增加引导力、影响力、传播力和专业性四个指标。据说，新增加的四个指标，都会制定出可以量化的尺度标准。比如传播力，实际评价标准就要看网上的转载量，有多少是正面的，有多少是负面的，正负面的比例是多少，这些都将作为评判一个栏目传播力的量化标准。这套综合评价体系，最终将有助于形成栏目的品牌影响力，从而体现出一个栏目的复合价值。

想法不错。这些年,唯收视率马首是瞻,让电视台尝到很多甜头,也吃了很多苦头。如果说到当下电视节目的恼人之处,多数和电视台只认收视率有关。在收视率这一根大棒的指挥下,电视节目没有第二条路可走,只能是怎么庸俗怎么来。我参加过太多的电视节目的策划和研讨,深感电视从业人员很少不为收视率所困扰的,只是像崔永元那样敢于直言的人不多,绝大多数选择了逆来顺受。新的综合评价考核指标也许能给铁板一块的天空捅个可以透气的洞,让大家呼吸得顺畅一点。

然而,我仍然有一点点担忧,就算是杞人之忧吧。事实上,我们对谁来执行新的综合评价考核指标尚不清楚,报道中也没有提及,而这是万万不能忽略的。君不见每年春晚之后央视都要对社会公布所谓收视率,以及对节目的评价,而大家总是将信将疑。这两年有了民间的统计作为参照,越发显得央视自己公布的数字不实在,有水分。这种情形可以理解,却不能原谅,毕竟涉嫌以虚假信息欺骗公众，而且，对于自身的栏目建设，恐怕也没有好处。

这个问题在我们这里是个老大难的问题，非央视所独有。就像某个部门出了问题，却安排本部门或其上级主管部门调查一样，我们能指望它给出真相吗？我不敢说绝对不能，但一定是很难的。因为，自身的利害关系，或多或少都会影响到评判者立场和态度的客观性。仅以现有的几家媒体调查公司而言，它们或与央视有千丝万缕的联系，或者干脆就是央视的下属单位，其公信力如何，真不敢太乐观。如果将执行这样一个综合评价考核指标的任务交给它们，估计它们是要费一番心思的。

其实道理很容易明白，自己监督自己，不是完全没有可能，而是不能让人放心。儒家的内圣，独善其身，基本上是理想主义的，所以，道德之外，不能没有法律。话说远了，但意思很清楚，如果我们渴望得到事实真相和公正评判的话，就应该有一个高悬于利益双方之上的第三方，根据综合评价指标对各个节目进行考核，这也就是我所说的"第三只眼",少了"第三只眼",新标准的落实也许是会打折扣的。

(2011年3月24日)

从药家鑫想到《傅雷家书》

为了逃避一起普通交通事故的责任,药家鑫杀人灭口,狂捅受害人八刀,导致其当场身亡。这本来不是一起很复杂的案件,但自案发以来,直到最近公审期间,却生发出许多令人发指的奇谈怪论,折射出某些人的思想已经混乱到何等程度。

先是辩护律师抛出了"激情犯罪"的说法,已经让人惊讶得目瞪口呆;接下来,又有法医解释,其中两刀是在其反抗时捅的,余下六刀属于故意,听了也觉得莫名其妙,不知他究竟想说明什么;更有号称犯罪心理学教授的李玫瑾女士语出惊人,她说,药家鑫的行为属于"弹钢琴强迫症杀人",让人觉得教授果然不同凡响;而看了据说是他同门师妹的网上留言:"我要是他我也捅……怎么没想着受害人当时不要脸来着,记车牌?"我却只有悲愤无语。我不知道,能把杀人的道理说得有滋有味,有条有理,这样的人格已经扭曲到怎样的程度!

从药家鑫到他的同门师妹,在这个人的链条中,我们看到了一种缺失,不管他们具有怎样的"专业素养",但他们似乎缺少同一样东西,就是人格。事实上,许多年来,我们最缺乏的,就是人格教育。曾几何时,"未曾学艺,先学做人",这个许多老艺术家刻骨铭心的经验之谈,竟被某些人以陈腐的说教为由,像敝屣一样,毫不珍惜地遗弃了。我忽然想到多年不读的《傅雷家书》,翻开第一页,竟赫然写着:"有些罪过只能补赎,不能洗刷!"我心里不禁一栗!

必须承认,《傅雷家书》是一本对学习艺术的青年来说最好的修养读物。我相信药家鑫没有读过这本书，他的同门师妹也没有读过这本书。其他人，如律师、法医、犯罪心理学教授是否读过这本书，我不敢说，但药家鑫和他的同门师妹，是真应该读一读这本书啊。如果他们读过这本书，就不会做出这么荒唐的事，说出这么荒唐的话，即使做了，说了，也还有可能"补赎"，现在是连"补赎"怕也难了。

有一种似是而非的说法很流行，也很能蛊惑现在的年轻人，即所谓自然生长论，以为是最人性化的；如果加以管教，就认为是束缚天性，不人道。其实不然。古人说，顺而率性者愚，逆而强学者智。教育者应该明白这个道理，不能纵容自己的学生或子女；受教育者更应该明白，不能放任自己胡作非为。所谓人格教育，就是对于人性的提升。只有人性而没有人格，其近于禽兽几何？所以说，只讲出人头地，只讲功成名就，只讲自我实现，只讲社会竞争，即只讲人性，不讲人格，只讲做事，不讲做人，只讲眼前，不讲长远，看上去是在帮助这些孩子走向成功之路,实际上,却是引导他们走向万劫不复的深渊啊!

(2011年4月7日)

导演硬起来，影视剧才有希望

昨日，《北京日报》一篇报道披露了影视导演协会成立自律维权惩戒部，并将对"不宜合作制片方"和"慎重合作演员"实行惩戒的消息；今日，《北京日报》又追踪报道了影视导演沦为"弱势群体"的现状。这两篇报道从一个侧面揭示了当下影视剧创作所面临的严峻形势，给中国影视剧的未来前途敲响了警钟。

当下一个人所共知的事实是，国产影视剧的票房或收视率不断攀高，而口碑却直线下跌，其作品被市场和商业绑架，完全丧失了自主性和独立品格。其中很重要的原因之一，就是导演的被边缘化。固然，也有个别很强势的导演，如张艺谋、陈凯歌、冯小刚之流，但往往也要向市场和商业妥协，难以坚持自己的艺术理想。

影视剧是导演的艺术。谁应该为影视剧的艺术质量负责？既不能是投资商，主要的也并非演员，而首先应该是导演。导演要为投资商负责，也要为影视剧的艺术质量负责。如果像报道的那样，投资商无端干涉导演的创作，而演员又不肯服从导演，甚至要凌驾于导演之上，对导演指手画脚，乃至大打出手，那么，我们很难指望这样的剧组能创作出优秀的影视剧作品。

投资商干涉导演创作往往出于对市场的恐惧或恐慌，不知道什么东西可以拿到市场上卖钱，只能迷信已经被市场认可的东西，比如某些明星大腕的名和脸，或暴力、血腥、床戏之类。而明星大腕干扰导演创作则非止一端，既有挟老板以令导演的，也有挟粉丝以令导演的，不管哪一种，都可能造成个人的膨胀，忘了自己是谁,是干什么的。作为一个演员,你的本分就是演好你的角色,创造富有艺术魅力的银幕或屏幕形象,这是许多老一代表演艺术家用他们的生命贡献于这个国家和民族的宝贵财富。

如果我们还承认影视剧除了商业的品性,还应该有艺术品性的话,那么,我们就应该尊重导演在影视剧创作中不可替代的作用。至于"干什么都不成,就去干导演"的说法,开开玩笑可以,却是当不得真的。不是每个演员都有姜文那样的艺术才华,如果仅仅因为你是明星,有观众缘儿,或是和投资商有某种不明不白,不清不楚的关系,就敢提出这样或那样的非分要求,干扰导演的创作,不仅对作品不负责任,对你自己也不够负责任。投资商更应该明白,如果眼光放长远一点的话,就不要相信你的那点市场感觉,还是要相信导演的专业艺术素养。

在目前这种唯商业、唯市场马首是瞻的社会氛围中,导演协会敢于拿出这样强硬的举措,是需要勇气的。说心里话,对此我并不感到乐观,我担心他们的这个举措可能行之不远，甚至出不了导演协会这个门。但我赞赏这种勇气，这就是孟子所说的："虽千万人，吾往矣。"

（2011 年 4 月 21 日）

"茅奖"这个筐究竟能装多少货

第八届茅盾文学奖入围作品名单公布以来,这几天,舆论显得很热闹,各种质疑的声音几乎都针对着"茅奖"忽略或轻视了哪些作品。比如网络文学入围的标准问题,青年作家数量太少的问题,《盗墓笔记》何以落选的问题,等等,于是指责"茅奖"门槛儿太高,标准太苛刻云云。

这届"茅奖"在征集作品时就做出了一种姿态,表示要更加公开透明,入围作品也更加多样化,特别强调要接纳网络文学作品。这也许可以视为"茅奖"给自己树了一个更高的标杆。而种种质疑,说到底,也还没有超出"茅奖"自己划定的这个范围。换句话说,质疑者和被质疑者是用了同一种思维套路在说话,他们都把"茅奖"想象成唯一的、可以包揽一切的大杂烩了。

毫无疑问,"茅奖"应该有自己的价值标准和审美尺度,它不可能,也没必要把所有的长篇小说创作都囊括在自己的麾下。它当然是开放的,广纳博收的,但也是有标准、有门槛儿的,这个标准和门槛儿甚至不应该在社会舆论的压力下,为标榜自己的开放、宽容而有所降低。屈从于权力的干涉有可能毁了这个奖,同样的道理,屈从于所谓民意,也有可能毁了这个奖。在这个意义上,我倒希望"茅奖"能旗帜鲜明地宣布它不接受哪些作品,无论是以文学的名义,还是以历史、社会价值的名义。

综观世界上的各种文学评奖,包打天下的几乎没有,每个奖项都有自己的品质、个性和诉求,这也是一个奖项可以存在的理由。如果一个奖项可以面对所有作品，那么，事实上也就取消了这个奖项自身的审美标准和价值取向。所以，"茅奖"不应承担不属于它的那一部分职责，我们也没有理由要求它额外地负担更多的职责。维持它的品质与个性，常常比让它扩大一些评奖范围更困难。

在这里，有两方面倾向是特别值得警惕的：一方面，我们希望一个奖承担所有的责任和功能；另一方面，我们又要求所有的奖承担一种责任和功能。这样做的结果，既使评奖不堪重负，又取消了各种评奖的个性和区别，最终使各种评奖沦为同质化，也就失去了评奖的意义。我们只消看看这些年几个电影奖项的命运，就不难理解其问题的严重性。前几天看到关于《大众电影》生存艰难的新闻，这本当年发行八九百万的杂志走到这一步，固然有很多原因，但其中很重要的一点我想一定和"百花奖"的衰落有关。而"百花奖"之所以日见其衰落，原因之一恰恰是失去了"大众"这个最鲜明的特征。"金鸡奖"的命运又何尝不是如此呢？这个奖要想恢复20世纪80年代在电影人心目中的尊严和权威，恐怕也要先做一番清理的工作，把不属于自己的东西清理干净。

有鉴于此，我更希望"茅奖"能够坚守自己的门槛儿和标准，不管风从哪边刮来，都毫不动摇。

（2011年5月19日）

中国买家戛纳哄抢影片为哪般

阅报得知,虽然华语电影在刚刚结束的第64届戛纳电影节上几乎交了白卷,但中国女影星和影片进口商却出尽了风头。电影节还未结束,就传出了本届电影节开幕影片,被认为是伍迪·艾伦近十年来最富才华的作品《午夜巴黎》已被中国买家买断的消息。

我见过这部影片的海报,很有凡·高油画《星空》的味道,看上去很值得期待。但据说价格不菲,由于多家抢购,海外片商已将价格提高了几倍。

然而，这绝不是个孤立的现象。海外片商惊呼，戛纳电影市场上的中国买家对外国电影的购买近乎疯狂。这些中国人花起钱来毫不手软，一些去年只能卖40万美元的电影，今年却被中国买家哄抬到了上百万美元，甚至不少很难在内地通过审查的恐怖片，也遭到中国买家的哄抢。华狮娱乐总裁蒋燕鸣在其微博感叹："我觉得有人疯了！"

但凡一件事能让人疯狂，一定和钱有关，和商业利润有关。中国买家能在国际电影市场上一掷千金，就因为国内电影市场能日进斗金。这几年，中国电影市场呈几何级数扩张，一些电影发行商靠"倒卖"国外影片是发了财的。据圈内人透露，去年，有人花50万美元从老外手里买来《敢死队》，结果，国内票房超过2亿人民币，除去分账、发行，随便算算就净赚6000万人民币。如今，《敢死队2》也来戛纳预售了，大家都像抢红了眼似的，价钱从200万美元一路飙升到可怕的700万美元，现在稍微降了点，也有500万美元。

这样做绝非明智之举。事实上，国内电影市场对外国影片的需求不是无限的，政府的审查、管理是一方面，自身的容量本来也是有限的，特别是把价格哄抬到这种程度，大大提升了国内市场运作的难度，能否赚钱已经成了未知数。而且，中国买家在海外市场的这种所谓竞争，在我看来更像是一场兄弟阋墙似的窝里斗，总归是便宜了别人，对本国电影没有半点好处。这种情形又绝非电影业所独有，这就很让人怀疑，我们的民族性格中是不是有值得检讨和反思的东西？不仅仅是商人逐利的本性。

这且不去管它。更让我们担忧的是，如果这个现象持续下去，那么，真正受到伤害的也许是中国电影的原创能力。既然买卖外国影片也可以赚钱，谁还肯花力气去做原创？毕竟买片成本比拍片成本低很多，又简便易行，何乐而不为呢？但是，原创能力没了，或减弱了，国产好电影就更少了。这样一来，有些个人也许是把钱赚到手了，但中国电影在世界电影面前恐怕真的要交白卷了。

（2011年5月26日）

围观张伟平与宋丹丹斗嘴

当下的影视界很少拿出像样的作品给我们看,却常常会出一些匪夷所思的事情,不把人"雷"倒誓不罢休。张伟平与宋丹丹斗嘴,可以算作一件。张伟平说:"我这个人一向不喜欢和女人斗嘴,但这次破例了。"张先生的"破例"让我们看到了一场好戏。

事情其实并不复杂。由于张艺谋执导的《金陵十三钗》将于岁末上映,作为制片人的张伟平日前接受记者采访,力捧这次起用的13位新人。至此还属于

"老王卖瓜,自卖自夸"的阶段,故事还在铺垫,还没有进入高潮。这时,张先生话锋一转,对当下影视界的一些歪风恶俗及一些导演、演员,特别是女演员提出了批评。他指责说:"现在中国的有些女演员吃不了苦,太自恋,而且也没有不断学习的劲头。有些演员和导演迷失在毒品中、情色里、无休止的整容中,整容也许能保住身体暂时的青春,但是你的艺术青春却很快消失了,甚至连自然的笑容也僵化了,这样怎么可能给观众带来自然美呢?"他还说:"现在的观众主体已经是'90后'了,难道还让他们看一把年纪的半老徐娘被人抓胸?"

张伟平果然是快人快语,本色犹存,他对当下影视界的批评很容易引起舆论的积极响应和广泛认同。这在张伟平的预料之中,他是营销炒作的高手,知道怎样吆喝才能吸引公众的眼球。《英雄》以降,我们看到的花样翻新的吆喝难道还少吗?别看我们的大片越拍越烂,可吆喝大片的水平却水涨船高。香港导演陈嘉上日前在接受记者采访时承认:"如今,确实存在一部分电影宣传比制作要强的问题。"言过其实,胡吹滥捧,观众看片时,根本不是那么回事,自然很不满意。但高手就是高手,他先不说影片好坏,而是挑起一个话题,在注意力成为经济的今天,这一招屡试不爽。张伟平知道,只要有人接过他的话茬儿,他就赢了。

宋丹丹及时地掺和进来,算是帮了张伟平一个很大的忙,难怪他要以牺牲男人的"风度"为代价,为宋丹丹破一回例。新浪也心领神会,积极配合,推波助澜,当天便推出了相关的调查;次日,老媒体继续跟进,果然是风生水起,一片喧哗。张伟平坐收渔利,没花钱为他的新片做了一个大广告。对于一个商人来说,既然不需自掏腰包,牺牲点"风度"又算得了什么呢?何况,张先生此番在"失"之外还是另有所得的呀,看一下调查结果,支持张伟平的达到60%以上,也可谓"失之东隅,收之桑榆"吧。这个桑榆,就是公众对他的好感的增加。不过,张伟平"风度"之欠缺并不单单如他所说,"破例"和女人斗了一回嘴,恐怕还表现在利用了一些女人(女演员、女明星)的道德缺陷。

宋丹丹敏锐地看到了这一点，她说："为捧自家小姑娘就贬低'一些'女演员，这样特不爷们儿。"

张伟平先生是做电影的，我倒是希望，张先生能把更多的心思用在做电影上，拿出真正优秀的大片来。张先生任重而道远。张先生与张艺谋合作多年，张艺谋拍摄的作品则每况愈下，让人想到南橘北枳的典故。除了张艺谋自身的原因，张先生是否也应该反思一下自己负有哪些责任。以张先生之聪慧，明白这一点应该不难。

（2011年9月1日）

关于假唱，央视隐瞒了什么？

央视2011年中秋晚会被观众质疑假唱，昨天下午，央视在其中秋晚会官方微博上正式回应观众的质疑，他们给出的解释是，直播时出现短时声画不同步现象，主要是因为直播过程中卫星信号出现故障造成的，在此向广大热心观众致歉。

但广大热心观众似乎并不买账。有报道称，香港歌手谭咏麟、容祖儿已经承认假唱，谭咏麟在接受记者采访时说："我已经将有需要的东西带去现场，但还是被要求唱mmm（夹嘴形）！其实你叫我这样更难，唱到心脏都是跳不停，很紧张。"他还说，现场"无法提出要求"，只能"入乡随俗"。容祖儿的经纪人霍汶希也承认有假唱这回事，她说："祖儿是应有关方面要求'对嘴形'的，因为大型晚会是全国播放，不容有失，做出这个安排都情有可原，尊重每个台及每个单位，顺从大会要求。"

很显然，我们必须在央视与谭咏麟、容祖儿之间选择其一。如果央视说的是实话，那么，谭、容二人说的就是假话，反之亦然。但是，我们以怎样的理由才能怀疑谭咏麟、容祖儿的坦诚呢？倒是央视的不诚实曾经给人们留下了非常深刻的印象。事实上，关于卫星信号出故障的说法，我们也不是第一次领教了，似乎每次有观众提出假唱的质疑，都拿卫星做挡箭牌和替死鬼。

从谭、容二人的谈话中可以了解，央视要求"唱mmm（夹嘴形）"，我们所谓的假唱，目的其实是要保证晚会十全十美，不容有任何失误，这是可以理解的，或者说是"情有可原"的，而不可原谅的是一再说假话，欺骗观众，即使是在观众提出质疑后，仍存侥幸心理，以为可以蒙混过关，很多观众对央视的解释和道歉不满意，不买账，关键就在这里。

晚会上歌手的演唱效果是不是一定要十全十美，不能有一点异质杂音，也许是一个美学问题，特别是广场上的演出，要排除自然声音几乎是不可能的，只有假唱可以做到这一点。一些观众就是由此判断那英在现场的演唱是假唱，因为风已经吹起了她的秀发，却没在声音中留下一丝痕迹，岂非咄咄怪事！如果选择自然的美学风格，有一点异质，甚至现场出一点纰漏，是不足为奇的，当然，如果因为其他原因非假唱不可，则另当别论。

不管怎样，既要假唱，就应该向所有观众说明真相，不能有所隐瞒，只有这样，才能得到观众的理解和谅解。特别是在真相已经被揭示出来以后，还千方百计地遮掩、辩解，殊不知，这样做不仅伤害了广大热心观众的感情，而且，对央视自身的公信力伤害更大。作为国家最高传播机构，央视公信力的丧失可能是灾难性的，不能不引起相关部门的重视。因小而失大，捡了芝麻，丢了西瓜，这个账还是应该算一算的。

（2011年9月15日）

请文物鉴定专家慎开尊口

最近,文物鉴定领域屡出"新闻",从"徐悲鸿遗作"被指假作,到"金缕玉衣"骗贷事件的发生,闹得沸沸扬扬。昨天,《北京日报》的《文化周刊》也就当前热遍全国的"电视鉴宝"现象做了详尽的报道和分析。其中有一点很值得拿出来再说一说。

当前的文物交易市场被许多人称作"乱相丛生",以假充真,赝品横行,其嚣张的行为真让人叹为观止,所谓只有想不到,没有做不到。那么,这种乱相的根源究竟何在呢？我以为，文物鉴定专家至少要负大部分责任。

文物鉴定是文物交易的前提，在文物市场上，用五花八门的"专家鉴定"做包装的赝品、伪作比比皆是，都是拉大旗，做虎皮，希望卖个好价钱。这种"专家鉴定"，不仅在交易市场上可以发挥其保驾护航的作用，而且，在银行贷款及艺术品信托领域，它也是一张畅通无阻的通行证。"金缕玉衣"骗贷事件的发生，人们质疑最多的，正是这几位国家顶级专家何以轻率给出了"24亿"的估价和鉴定。按照常理，像"金缕玉衣"这样的文物，国内有几件，都收藏在什么地方，以这几位专家的地位不会不知道；即使不知道，打个电话，稍事了解，弄清楚也非难事。然而却没有人做，大家只是围着玻璃柜子转一圈，24亿就定了下来。其行为之草率令人发指。

平心而论，我们不能责备这几位专家"吃人嘴软，拿人手短"，有人说，既然有需求，就一定有供应，这是一种供求关系；而且，现在是市场经济、商品社会，服务都是有偿的，有付出便有回报，也是天经地义的。诚然，恐怕也不能把假的说成真的，把伪作当成真迹吧。市场经济、商品社会也有自己的道德操守，也不能任意胡作非为、胡说八道呀。再有，按照国家有关规定，身居公职的所谓专家，是不能为民间收藏提供鉴定服务的。但只要稍稍留意一下，就不难发现公职人员参与民间收藏鉴定活动的身影。电视节目天天在那里播出，所谓"偷偷摸摸"只是说说而已，并不见有人出来制止或追究。这种大撒把式的管理，恐怕也助长了他们的气焰。

无论如何，文物鉴定不是一件可以一蹴而就的事，它需要严谨的科学态度和严格的道德自律，不能为金钱、权力所左右，也不能被娱乐万能拉下水。有人常以"看走眼"为托词，为那些不负责任的专家鉴定做辩护，倒也证明了在文物鉴定领域只有个人经验是靠不住的，专家们在这种场合还是慎开尊口为妙，即使一定要说，也不要言之凿凿地判定其真假，而是要留给未来，留给权威的鉴定机构来断定。就此而言，文物鉴定的立法及第三方独立、专业的权威鉴定机构的建立应是当务之急。

（2011年9月22日）

历史不可欺

若是有人问起当下谁是最无辜的,我以为非"历史"莫属。君不见,随便什么人都可以拿历史调戏一番,以取悦他的看客。银子他赚了,尴尬的却是历史。

前数日,在一个电影剧本研讨会上,70多岁的老编剧王朝柱当面指名批评王兴东编剧的影片《辛亥革命》有些地方不尊重史实:"根本没有的事情,怎么能乱加?"他指的是黄花岗起义失败,林觉民等人英勇就义,影片有一段表现孙中山给林觉民的妻子陈意映送《与妻书》的情节，是历史上不存在的。

《辛亥革命》这部影片我看过，虽有美化孙中山的倾向，但总体上看还是很严肃、很认真的创作，影像、叙事也还讲究，看得出是在努力营造历史氛围，在当下这已经是很难得了。当下历史体裁的影视作品中更多的则是随意篡改歪曲，无中生有，道听途说，打着历史的旗号，其实和历史无关。这种现象非电影所独有，举凡一切叙事方式，如通俗读物、电视剧、戏剧等，无不受到这种风气的影响。昨日《北京日报》视界版有关"穿越作品"的探讨，就揭示了历史在当下一些写作者心目中的卑微地位。他们对历史颐指气使，呼之即来，挥之即去的态度，好像历史就是个任人欺辱的婢女，谁都可以随意使唤，在这种情况下，又何谈对历史的尊重呢？

历史叙事的这种乱象，恐怕与历史虚无主义的流行是脱不了干系的。人们好像误解了"一切历史都是当代史"这句话，以为一切历史都是可以任由当下的人随意书写的，殊不知这些人写出来的东西，既无关当下，又背离了历史情境，很难回到历史现场，不过是写作者个人臆想出来的东西罢了。其实，历史和当下的关联，绝非我们可以随意处理历史叙事，而是历史叙事可以为我们提供某种启示。培根说读史使人明智，讲的就是这个道理。因此，历史叙事必须以真实为前提。有人说，历史已经被人搞乱了，没有真实可言了。言外之意就是，历史叙事随意一点也无可厚非。这种态度说到底就是破落户的破罐破摔，面对丧失了真实性的历史，我们应该做的，只能是以认真负责的态度和深入细致的工作，恢复历史的真相和本来面目，而不是乱上加乱。

有人说，我写的历史只是我心中的历史，这又如何呢？这种说法的确很能迷惑一些人，特别是在当下这个个性特别张扬的时代，对个人化的强调往往能赢得一些人的赞许和青睐，比如把荆轲写成一个无赖，把程婴写成一个小人。但作者并没有告诉我们，为什么在别人心里是义士、豪侠、英雄的人，在他的心里却是无赖和小人？究竟是历史中的人物出了问题，还是我们的内心出了问题呢？这个问题值得我们每个人都很好地想一想。如果说历史只是现实在我们心中的投射的话，那么，有问题的一定是我们自己和我们所生活的这个时代，而未必是历史。

（2011年11月3日）

高晓松出狱之后怎样？

高晓松出来了！由于名人的关系，他的出狱再次让媒体激动了一番，和他当初进去的时候一模一样。

半年前，他因醉驾入狱，出乎许多人的预料，他没有摆名人的谱儿，不拼关系不拼爹，而是老老实实认罪，认认真真悔过，把一出"走麦城"，硬生生地唱成了"汉津口"。当然，这一次他救的不是"刘备"而是他自己。他有一段流行甚广的话说得非常好："我既不是冤案，更不是革命烈士，甚至犯的罪都是低智商低技术的笨罪,坐的牢也没啥特别,与万千囚徒一样乏善可陈,生活上没啥好说的,就当穿越回从前过一过父辈清贫清淡清静的日子。"

同样令人刮目相看的是他出狱之后,也表现得很智慧,很诚恳。他没有急于向公众表白,既不开媒体发布会,也不高调宣告自己的复出,当众多媒体热情地扑上去时,他选择了有礼貌地回避。他在第二天即奔赴美国,可谓明智之举,非如此不能实现从囚犯到自由人的平稳过渡,由此免去了媒体再把他的牢狱生活炒作一番,这显然是他不希望看到的。作为一种危机公关,高晓松和他的团队这一次做得都很漂亮。

如果说半年前的醉驾入狱并非他的生活偶然"出轨"的话,那么,半年后的归来,他却希望能够自然而然地回到日常生活的轨道上来。看起来,184天的牢狱高晓松没有白蹲,至少让他懂得了如何做事,如何摆正自己的心态和位置。这是他重新回归社会的重要前提条件,也是一笔难得的精神财富,是一个人在顺境中不容易得到的。

其实，公众在重新接受高晓松时又何尝不该如此。高晓松固然曾经有罪，但他已经认罪并且接受了法院的判决。当他刑满出狱之后，那一页实际上就已经翻过去了，社会公众没有理由因此而歧视他，再把他排除在社会公共生活之外。他也不能永远戴着那顶"反面教材"的帽子，这对他是不公正的。法律的尊严和严肃性，不仅表现在有罪必罚，同样表现在社会公众必须接受法院判决的结果。

出狱后的高晓松将有很多事情要做是毫无异议的，即使外面再"蹉跎"，他也必须在"蹉跎"中努力前行；何况还有电视节目制作人这样的文化掮客，他们以商人的精明和因巨大经济利益的诱惑，不可能也不愿意浪费蕴藏在高晓松身上的宝贵资源。这都表明高晓松不久就将出现在公众面前，这是不可避免的，公众要做好重新接受他的准备。自然，他能否被公众重新接受，还要看他是否真的已经悔过自新，是否真的履行了自己"永不酒驾"的承诺,而不是看他说了什么,道了歉没有。同时也将考验我们的包容能到怎样的程度。

(2011年11月10日)

但见流"血",不见风采

日前,著名音乐家苏越因5700万元合同诈骗案,一审被判处无期徒刑,剥夺政治权利终身。一个才华横溢的艺术家就这样倒在商战的"血泊"中,无论如何都让人为之惋惜。而商战的残酷就在于,虽然"血"染商场,牺牲者却未必能够一展其风采。

因苏越的知名度很高,这个案子的审判结果一经发表,就在社会上引起了广泛而巨大的反响。它在震撼我们的同时,也促使我们思考一些问题。我首先想到,一个艺术家应该如何实现自身的价值？是不是一定要到商场上来证明呢？

这个问题应该是不言自明的，至少在 20 年前，没有人相信一个艺术家的价值要在商场上得到确认。但是，自 20 世纪 90 年代初以来，这个问题的答案变得没有这么简单了。市场经济的浪潮席卷而来，迫使许多人或主动或被动地下海经商去了。这些人中就有一些类似苏越这样的艺术家和文化人。最初是"经济搭台，文化唱戏"，继而老在别人搭的台子上"唱戏"不过瘾了，就想自己搭台自己唱。

不能说这不是一种抱负。记得苏越曾对记者说过，他有三个人生理想。一是作曲，写一首歌，让全世界的华人都会唱。1985 年，苏越写下了《血染的风采》和《黄土高坡》，实现了人生的第一个理想。此后，苏越东渡扶桑，留学深造，希望能把一套完整的培养演员的制度带回国内。这个理想也实现了，回国后，他培养了十几个相当知名的歌唱演员。于是，他开始投身商海，进入文化产业投资领域，这是他的第三个理想。不幸的是，他在追寻这个理想的路上跌倒了，跌得粉身碎骨，甚至没有机会在哪里跌倒就在哪里爬起来。有记者这样问他："如果能够重来，你还会选择做文化商人吗？"他思索片刻，有些激动地说："说起来有点难过，重来的机会是没有的……不过，假如能够重来一次，我肯定还是会从事这样的职业。"

这不仅是一种人生选择，也是一种价值选择，作为个人的这种选择，我们也许只能表示尊重，但心里仍然存有一丝遗憾。艺术与商业，孰轻孰重？固然是因人而异，可是，谁又敢说，在人类文明史上，金钱的分量能超过一首流传久远的歌曲呢？而且，一个伟大的作曲家也不是金钱可以衡量的。然而，苏越走到这一步，又不是所谓的逼良为娼，而是他的自主选择。只不过，在残酷的市场竞争面前，他得到的这枚苦果，是可以和打算投身商场的艺术家与文化人分享的，至少是一种提醒。它告诉人们，商场也就是名利场、欲望场，其残酷程度绝不亚于战场，稍有不慎，就可能失足落水，跌入万劫不复的深渊。各位可要多加小心呀。

（2011 年 11 月 17 日）

有志才能读书

社会上讨论读书的问题,往往陷入一些误区。比如有没有时间的问题,偏爱实用类图书的问题,轻阅读、浅阅读的问题,电子阅读器流行的问题,诱惑太多的问题,等等,不一而足。读今日某报所作调查,还是拿阅读绑架出版或出版推动阅读做文章,说来说去都在外面打转转,没有触及问题的本质与核心。

读书本是一件极个人化的事。我听有人说过,书像情人,读什么书完全是个人的隐私。读不读书,读什么书，只能由自己做主，别人很难越俎代庖。一个人如果选择不读书，你就是把他锁在书房里，恐怕也没有用。同理，一个人选择读什么书，一定也和他的需求直接相关。如果真像调查所说的那样，72.7%的人都认为"人们注重现实利益，功利化阅读明显"，"投资理财、养生育儿、成功学三大类书籍不论在网店还是实体书店都是最火的"，那么，这也只能说明，当下社会大众迫切希望解决的，就是这些物质的、现实的、功利的问题。

读书是一个人的精神投射，一个人想些什么，有什么样的梦想，看他读什么书就能猜个八九不离十。这么多的人偏重阅读的实用性和功利目的，只能说明工作、生存压力之大，已经把人们的理想、梦想挤干了。这是一个方面，而且是很重要的一个方面。哪个年轻人没有理想和梦想？但是，一脚跨进社会，随之而来的就是求职、升迁、收入、恋爱、成家——一旦陷入其中，读书只能是为稻粱谋，夫复何求？

梁启超年轻的时候，曾与同门师友谈到为什么读书,他说读书不仅是为了救国,而且要"救地球及无量世界众生也";周恩来年轻时也曾表示过"为中华之崛起而读书"的愿望。他们都是有远大志向的人,所以,我们不用担心他们的阅读是浅阅读或轻阅读,更不用担心他们的阅读注重现实利益,功利化明显。他们的阅读一定是为了陶冶自己的情操,磨砺自己的意志,锻炼自己的人格,以及探求救国救民、社会进步的真理。

所以说,真正的阅读是从立志开始的,志不立,天下无可为之事。古人曾有过"书中自有黄金屋,书中自有千钟粟,书中自有颜如玉"的说法,如果说这也算作"志"的话,却非大志,怀抱这种"志"的人,只能是读一读"四书""五经",求一点功名富贵而已,绝无梁启超、周恩来的大志向、大怀抱。志向远大的人,读书的品质自然也是高尚的,这无须多言。所以,我们与其一再纠缠于为什么当下人们的阅读品质不高,追求功利化和眼前利益,不如认真想一想为什么我们的志向、抱负、理想越来越平庸和狭隘,我们的社会责任感和历史责任感越来越稀少和淡薄,顶多是小家碧玉,孤芳自赏,或所谓乡党自好之小儒,却少了些黄钟大吕的大气磅礴,一如范文正的以天下为己任。这个问题想通了,提高读书品质的问题大约就有解决办法了。

(2011年12月1日)

精品栏目荟萃

《副刊面面观》（李辉　编）

《心香一瓣》（虞金星　编）

《纽约客闲话精选集　一》（刘倩　编）

《多味斋》（周舒艺　编）

《文艺地图之一城风月向来人》（孙小宁　编）

《书评面面观》（李辉　编）

《上海的时光容器》（伍斌　编）

《谈艺录》（刘炜茗　编）

《问学录》（刘炜茗　编）

《名人之后》（沈秀红　编）

《纽约客闲话精选集　二》（刘倩　编）

《编辑丛谈》（董小酷　编）

《本命年笔谈》（严建平　编）

《国宝华光》（徐红梅　吴艳丽　编）

《半日闲谭》（董宏君　编）

《云泥鸿爪一枝痕》（王勉　编）

个人作品精选

《踏歌行》（陈娉舒）

《家园与乡愁》（李汉荣）

《我画文人肖像》（罗雪村）

《茶事一年间》（何频）

《好在共一城风雨》（胡洪侠）

《从第一槌开始》（剑武）

《碰上的缘分》（王渝）

《抓在手里的阳光》（刘荒田）

《阿Q正传》（鲁迅）

《风吹书香》（冻凤秋）

《书犹如此》（姚峥华）

《泥手赠来》（黄德海）

《住在凉山上》（何万敏）

《老解观象》（解玺璋）

《犄角旮旯天津卫》（林希）

《歌剧幕后的故事》（薛维）

《色香味居梦影录》（姜威）

《走读生》（李福莹）

《回家》（朱永新）

《武艺十八般》（萧乾）

《一味斋书话》（熊光楷）

《收藏是一种记忆》（剑武）